KB165229

레인보우 내 인생

차례

그날

그날이다. 아침부터 배가 사르르 아팠다. 서둘러 화장실로 향했다. 수납장을 열자 수건보다 더 많은 칸을 차지하고 있는 생리대가 눈에 띈다. 열을 맞추어 꽂아 놓은 분홍색 생리대가 딱 봐도 많은 양이다. 이것만 봐도 이 집에 사는 여자들의 머릿수가 궁금해질 터다.

우리 집에는 통상 한 달이면 누군가 늘 생리를 한다. 엄마1 난다 씨, 엄마2 온다 씨 아니면 내가 되겠다.

그렇다, 내게는 엄마가 둘이나 있다. 한 개의 엄마 가지고는 안 되겠는지 신은 내게 엄마를 두 명씩이나 주었다. 그러니까, 내가 뭔가를 잘못한다면 엄마의 잔소리를 두 배로 듣게 된다. 두 배로 혼이 나고 두 배로 참견을 하고 두 배의 관심 때문에 질식

사하더라도 이상한 일이 아니다. 엄마 난다 씨와 온다 씨는 부부다. 이른바 레즈비언 부부다. 우리나라에서 레즈비언 부부로 사는 것이 얼마나 험한 일인지 이제부터 낱낱이 알게 될 것이다. 아니, 레즈비언 부부의 아이로 살아가는 것이 얼마나 험난한 것인지 그걸 알려 주고 싶다.

빌어먹을!

우선 욕부터 나오는 바다.

나는 생리대 하나를 뽑아서 분홍색 포장지를 벗기고 끈끈이 면에 붙은 껍데기를 뗀 다음 날개를 예쁘게 펴서 팬티에 붙였다. 채 팬티를 올리기도 전에 화장실 문이 벌컥 열렸다.

"또 생리하냐?"

난다 씨가 날 쓱 한 번 쳐다보고는 세면대 위에 있는 칫솔을 입에 물었다.

"문 좀 두드리지?"

"문 좀 잠그시지?"

난다 씨가 입에 문 칫솔을 빼고 치약을 찾으며 말했다.

"어째 넌 한 달 내내 생리하는 것 같냐?"

"꼭 한 달 만이거든. 며칠 전 생리는 온다 씨였어."

"아, 온다였구나…."

요즘 난다 씨와 온다 씨는 각방을 쓰고 있다. 가끔, 아니 가끔보다 자주 난다 씨와 온다 씨는 각방을 쓸 때가 있다. 싸워서도 아니고 불편해서도 아니다. 각자의 생각이 필요할 때면 합의하에 그러는 모양이다. 솔직히 그들의 합방이 딱히 궁금하진 않다. 레즈비언의 성생활에 대해서 나도 찾아볼 만큼 찾아봤고 방문 너머 듣기도 했다.

나는 화장실 밖으로 나와 주방으로 향했다. 이번 달 당번이 온다 씨이기 때문이다.

"온다 씨, 내 체육복 빨았어?"

"오늘 체육 수업 없잖아?"

"생리해."

생리하는 날이면 교복 치마보다 체육복이 편했다.

"어제 바빠서 아직 안 빨았는데 어떡하니?"

"됐어. 그냥 견뎌 볼게."

"그래, 조심하면 괜찮을 거야. 지난번 같은 일은 아주 드문 일이거든."

"그 얘긴 그만하지!"

"그래, 또 그 얘기야?"

막 화장실에서 나온 난다 씨도 한마디 거들었다.

"아, 그렇지. 그 얘긴 더는 안 하기로…."

"수저 놓고 반찬 꺼낼까?"

난다 씨가 온다 씨 말을 잘랐다.

"아니, 오늘은 빵이랑 샐러드야."

"으응."

난다 씨가 자연스럽게 포크와 접시 세 개를 꺼냈다. 싱크대 앞을 서성이는 두 명의 엄마를 바라보노라니 또 복잡해진다. 이제는 익숙해질 법도 한 데 말이다.

잠시 후, 내 몫의 샐러드 접시가 비기도 전에 초인종이 울렸다. 부지런한 유진이다. 나는 한입에 나머지 샐러드를 다 욱여넣고 냉큼 가방을 멨다.

"천천히, 천천히! 유진이한테 조금만 기다리라고 하면 될걸."

친절한 온다 씨가 식탁 의자를 밀어 내며 말했다.

"아니야, 다 먹었어. 엄마들이나 맛있게 드셔."

아껴 둔 계란 반 개도 알뜰하게 밀어 넣었다.

"그러다 체할라. 그러잖아도 그날인데!"

온다 씨 목소리가 현관 밖까지 따라왔다.

밖으로 나오자 유진이의 백팩에 달린 까딸루 고양이 키링이 먼저 보였다. 목이 옆으로 90도 꺾인 저 흉측한 고양이 새끼를 왜 매달고 다니는지 모르겠다.

"지각!"

유진이 엘리베이터 버튼을 눌렀다.

"안 늦었거든!"

"7분 지났어. 7분 동안 블록 게임 두 판이나 했고, 제시간에 출발했다면 지금쯤 앨리스 버거 앞을 지나고 있을 거야. 거국적으로 말하자면 지구의 운명도 바꿀 수 있는 시간이지."

"닥쳐! 7분 가지고 아침부터 잔소리하지 마."

"예민한걸?"

"그날이거든."

"마법의 시간이었군."

"무슨 마법이야. 개나 주라 그래."

"마법이 맞군. 개가 나왔잖아. 우린 너무 자주 개를 소환해. 흔한 마법처럼. 그날이라 개짜증나는 하루가 되겠다."

또 개를 소환하고 말았다. 온다 씨가 가장 싫어하는 말이다. 어쨌든 유진이 지난번 일에 대해서 말하지 않아서 다행이다. 체육복이 없어서 무척이나 불안했는데 조금 진정이 된다.

하필, 그날 그 일이 일어났다.

하필, 진지우가 그걸 보고 말았다.

하고많은 애들 중 하필이면 진지우가.

생리 둘째 날의 양은 어마어마하다. 엉덩이 한 번 움직일 때마다 솟구치는 생리혈 때문에 온 신경이 곤두서곤 한다. 게다가 혈기 왕성한 내 순환계통 때문인지 호르몬 때문인지 다른 애들보다 생리 양이 많다는 걸 언제부턴가 알아 버렸다.

그날 나는 유진이 앞자리에 앉아서 잠시 수다를 떨었다. 그 자리가 진지우 자리였다. 진지우 자리에 무슨 냄새가 나는지 어떤 것들이 있는지 엿볼 더없이 좋은 기회였다. 그 흔한 교과서도 지우 거라면 남달리 보였다. 기억도 안 날 수다를 점심시간 내내 떨면서 나는 지우가 자기 자리로 돌아올 때까지 개길 참이었다. 마침내 그 애가 돌아오고, 자연스럽게 '어, 여긴 내 자린데?', '어머! 미안', '아니야, 좀 더 있어도 돼' 뭐 이런 상황을 상상했다.

상상은 그저 상상일 뿐, 최악의 상황이 벌어졌다.

진지우가 떠들고 있는 우리를 멀뚱히 쳐다봤다.

"야, 지우 왔어."

유진이 먼저 알은체를 했다.

"어, 어… 미안…."

엉거주춤 나는 자리에서 일어섰다.

그러자 진지우 옆에 서 있던 호석이 소리쳤다.

"앗! 이게 뭐냐?"

아이들이 고개를 들었고 몇몇은 대단히 재미난 일이 벌어진 줄 알고 가까이 다가왔다.

"피야, 피!"

'피'라는 소리에 아이들이 모여들었다. 호석이 '으악' 소리를 질렀고 웅성웅성하는 소리가 내 귓가에 웅웅거렸다.

남자아이들은 낄낄댔고 여자아이들은 수군댔다.

그 순간 온몸이 그대로 얼어붙었다. 여기서 피를 볼 일은 딱 한 가지뿐이었다.

"이다야…."

누군가 뒤에서 내 이름을 불렀다. 붉은 기운이 발끝에서부터 머리까지 전기처럼 쭉 끓어올랐다.

"온이다!"

유진이 자리에서 벌떡 일어섰다. 의자가 뒤로 자빠질 만큼 거친 몸짓이었다. 그러고는 자신의 교복 외투를 벗어서 내 허리에 둘렀다.

"저것 좀 닦아 줘."

유진이 누군가에게 말했다.

나는 유진이 이끄는 대로 교실을 나와 화장실로 향했다. 아무 생각도 나지 않았다. 마치 머릿속을 표백제로 씻어 낸 양 하얗다 못해 투명하기까지 했다.

화장실에 오자마자 나는 가장 가까이 있는 칸으로 들어가 문을 잠갔다.

"이다야 괜찮아?"

"별거 아니야. 그럴 수 있어."

"이다야 문 좀 열어 봐."

유진이 밖에서 계속 소리쳤다. 누군가 화장실로 들어왔다.

"여기 바지 가져왔어. 이다는 괜찮아?"

서라 목소리였다.

"이다야, 체육복 바지 가져왔어. 이걸로 갈아입어."

잠시 숨을 고르고 문을 열었다. 어쨌든 치마를 갈아입어야 했다. 바지를 건네받고 다시 문을 잠갔다. 밖은 조용했다. 서라와 유진이 뭐라 소곤댔지만 들리지 않았다.

체육복 바지로 갈아입고 변기 뚜껑에 앉아 치마를 바라보았다. 엉덩이 부위에 손바닥 반만 하게 피가 묻어 있었다. 붉은 피는 재색 교복 치마 위에서도 선홍빛이었다.

붉은 피를 본 순간 모든 인내심이 끊어지고 말았다. 나는 큰 소리로 울어 버렸다. 망할 놈의 생리 때문에 울다니 정말 믿을 수가 없다. 망할 놈의 생리혈이 새어서 온 세상에 온이다가 생리하는 걸 광고하다니 정말 믿을 수가 없다. 이 피는 도대체 왜 이렇게 빨강인지 도무지 믿을 수가 없다.

"왜 여자는 생리를 하는 거야?"

그날 저녁, 터무니없고 원초적인 질문을 온다 씨에게 했다. 열여섯의 질문이라기에는 유치한 거 안다. 그러나 그날만큼은 누군가 이 상황을 정리해 주었으면 하는 심정이었다.

온다 씨는 학교에서 벌어진 일을 친절한 담임에게 들어서 알고 있었다. 온다 씨 역시 친절하게 설명하려고 애썼다.

"뭐 여러 가지 이유가 있지. 그 이유 이전에 여자가 생리하는 것은 매우 자연스러운 일이야. 우리 스스로 그 피를 부끄럽게 생각하면 안 돼. 묻을 수도 있고 샐 수도 있어. 초콜릿이 묻는 거랑 뭐가 달라. 아니 더 고귀한 피지. 그 피가…."

"그딴 소리 집어치워. 온다 씨도 생리하는 게 싫어서 남자가 되고 싶은 거잖아?"

"이다야, 난 남자가 되고 싶지 않아. 난 여자인 게 좋아."

온다 씨를 빤히 바라보았다.

여태 온다 씨와 난다 씨를 구분하자면 어느 땐 온다 씨가 남자의 역할을 할 때도 있고 어느 땐 난다 씨가 남자 역할을 할 때가 있다. 그들은 엄마이기도 아빠이기도 하다. 그럼에도 나는 '누가 엄마야, 누가 아빠 같은데?' 하고 짐작하곤 했다. 열여섯의 내게는 이 지구상에 있는 모든 커플은 남자와 여자여야 자연스러운 모양이다. 아무리 엄마들과 산다 해도 나는 나도 모르게 성 역할을 정해 놓고 있었다. 그런데 온다 씨의 대답은 예상 밖이었다.

"나는 여자지만 남자가 아닌 여자인 난다를 사랑할 뿐이야. 아니지, 난다라는 인간을 사랑해. 남자 여자가 아니라 난다라는 사람을. 그래서 생리를 하는 너를 사랑하듯 생리를 하는 나를 사랑하고 난다를 사랑하지."

온다 씨의 교과서 같은 대답이 마음에 들지 않았다. 그래서 잔뜩 삐뚤어진 심정으로 물었다.

"그래서 생리하는 게 좋아?"

"응."

그러거나 말거나 온다 씨 대답은 짧고 명쾌했다.

"나처럼 양이 많지 않으니까 하는 소리야."

"양이 많은 건 자연스러운 일이야. 나도 어릴 때 그랬어."

"그래? 그런 건 엄마 닮는다고 하던데…."

"무슨 소리야?"

"애들이 그랬어. 자기 엄마도 양이 많아서 자기도 양이 많다고. 어떤 애는 생리양이 적은 게 자기 엄마를 닮아서 그런 거래."

"그렇지 않을 걸?"

"아, 왜 입덧 같은 것도 엄마를 닮는다면서?"

"흠, 그런 소리를 들어 보긴 했다."

"거 봐! 그럼 양이 많은 나는 온다 씨 딸인가? 성도 온씨잖아?"

당황한 온다 씨가 서둘러 고개를 흔들었다.

"성은 우연이라고 했잖아."

"온씨가 흔한 것도 아니잖아?"

"없는 성씨는 아니야. 내가 널 낳았으면 얼마나 좋았겠니? 하지만 그런 게 무슨 상관이야. 이미 난 널 낳은 거나 다름없는데."

"그런 빤한 얘기는 하지 마. 온다 씨가 날 낳고 버렸어도 다 용서할게. 이렇게 다시 찾아왔잖아. 그러니까 진실을 말해 줘."

"진실을 말해 줬잖아. 난 널 낳지 않았어. 적어도 물리적으로는. 그렇지만 나는 널 낳았다고 생각해."

"생각 말고 진실!"

"나도 진실을 알려고 노력 중이야. 때가 되면 알려 줄게."

"그럼 이거 하나만! 적어도 날 낳은 사람을 알고 있지?"

"대답 못 해. 괜한 오해가 될까 봐 말 못 해. 조금만 기다려. 언젠가는 얘기할게. 지금은 준비가 안 됐어."

"뭘 준비해야 하는데? 도대체 왜 안 알려 주는데? 천기누설이라노 되는 거야? 답은 딱 정해져 있잖아. 셋 중 하나 아니야? 온다 씨 딸, 난다 씨 딸, 그것도 아니면 어디서 주워 온 아이겠지. 그 중 어느 쪽인지만 알려 줘. 아빠가 누군지 알려 달라는 것도 아니잖아."

잔뜩 예민해져 있는 터라 약속을 어기고 말았다. 때가 되면 알려 준다는 어설픈 약속 따윈 개나 주라고 해라. 그따위 말은 열여섯 내게는 더는 통하지 않는다. 나는 어린아이가 아니다. 그게 무엇이든 받아들일 준비가 되어 있단 말이다. 레즈비언 부부가 키우는 아이로 자라고 있는데 더 놀랄 일이 무엇이 있겠냔 말이다.

그날은 집에 와서도 우울의 연속이었다. 무엇 하나 내 뜻대로 되는 것이 없었다. 나는 칠칠하지 못하게 생리혈이나 치마에 묻히는 애가 되었고 학교 전체에 소문이 날 터였다. 그걸 빌미로 출생의 비밀을 알고자 했으나 그것도 통하지 않았다. 뭐, 상관없다. 온 세상이 다 안다고 해도 대수겠나. 다만 진지우만 모르면 되는 일이었다. 아니, 그런 일이 진지우 앞에서 벌어지지만 않았어도 괜찮은 일이 되었을 것이다.

동거인

구민센터 수업이 없는 월요일은 집에서 빈둥거리다 마른빨래만 개면 된다. 구민센터에서 무슨 수업을 듣느냐 하면 생활 영어와 오카리나 연주를 배우고 있다. 입시와는 아주 멀고 공부와는 더 거리가 먼 수업이다. 그곳에선 나보다 훨씬 나이가 많은 할머니와 할아버지가 같은 반 친구들이다. 이를테면 뻥쟁이 허 할아버지, 꼭 여사님라고 불러야 하는 박 할머니, 그 외 늙은 친구들이 날 매우 이뻐하신다. 나도 늙은 친구들이 마음에 든다. 젊은 피가 와서 사라지려고 하던 원기가 돈다고 말할 때는 없는 원기라도 쥐어짜서 드리고 싶다. 왜냐하면 과하게 흐르는 이놈의 호르몬이 요즘 감당이 안 될 정도다.

어쨌든 얼른 빨래부터 개고 놀아야 하는데 세상 귀찮을 때가 있다. 난다 씨 왈 우리 집에서 게으름은 죄악이라고 했다. 게으름과 가난은 거의 동급이라는 게 난다 씨 이론이다. 일하지 않는 자 먹지도 말라나? 난다 씨 생활력은 정말이지 신의 경지다. 동네 마트치고는 제법 큰 마트 식품 매장에서 일하는 난다 씨는 유통기한이 다한 음식을 가져오기도 하고 임박한 채소를 천 원에 파는 행사를 할 때면 거침없이 사들인다. 마트이기 하지만 주식회사라 물건 입출고가 확실하다. 직원 할인도 있지만, 직원들에게 모든 상품을 할인해 주는 것은 아닌 모양이었다. 난다 씨는 요령껏 할인 품목을 사 오는 재주가 있다. 그런 날은 한밤중이 되도록 온다 씨가 볶이는 날이다. 시들기 전에, 상하기 전에 요리를 해야 한다. 온다 씨 살림 솜씨가 나날이 늘고 있다.

　난다 씨 잔소리가 무서워 잊기 전에 두 팔 가득 빨래를 안고 거실로 나왔다. 텔레비전을 틀어 놓고 빨래를 개기 시작했다. 속옷이 압도적으로 많다. 남자라면 달랑 팬티 한 장이 속옷의 전부겠지만 여자는 아래위 속옷에 민소매까지 한 사람당 세 개가 나온다. 그런데 난처한 것은 내가 아직도 온다 씨와 난다 씨의 속옷을 구분하지 못한다는 거다. 얼굴도 성격도 게다가 취향까지 다른데 이상하리만치 몸 사이즈는 매우 비슷하다. 발육이 남다른 나까지 포함해 서로의 옷을 공유해도 이상한 일은 아니다. 물론 나는 그들의 옷을 내 취향에 따라 꺼내 입곤 한다. 그런데 그들은 속옷은 물론이고 겉옷도 분명하게 구분해서 입는다. 겉옷이야 대충 알겠는데 속옷은 도무지 알 길이 없어 속옷을 갤 때마다 수수께끼를 푸는 심정이다.

빨래를 얼추 다 개어 갈 때쯤 초인종이 울렸다. 텔레비전 위 시계를 확인하니 학원에 있을 유진이 놀러 올 시간은 아니었다.

인터폰을 켜자 우체국 마크가 찍힌 모자를 쓴 남자였다.

"온수정 씨 집인가요?"

온다 씨 본명이다.

"그런데요?"

"등기입니다."

"등기 온다는 소리 못 들었어요."

나는 경계심이 가득한 목소리로 대꾸했다.

"좀 전에 통화했는데요? 집에 따님이 계시다고⋯."

그때 내 전화기가 울렸다. 서둘러 핸드폰을 받았다.

– 이다야, 우편물 좀 받아 줘.

– 미리미리 전화를 해야지, 놀랐잖아.

– 미안. 수업 시작이야. 이만 끊어야 해. 잘 좀 받아 놔.

입시 학원 강사인 온다 씨가 수업이 있는지 서둘러 전화를 끊었다.

그제야 현관문을 열었다.

"따님이시죠?"

"네."

마지못해 대답했다.

"생년월일 불러 주세요."

그의 말에 잔뜩 주눅이 들어 죄를 지은 사람처럼 번호를 불러 주고 사인도 했다.

그가 준 하얀 봉투를 들고 거실에 앉자마자 한숨부터 나왔다.

동거인. 온다 씨와 난다 씨, 나의 관계를 한 단어로 요약하자면 '동거인'이 되겠다. 어떠한 법적, 혈연적 관계가 아니라 매우 독립적인 형태로 만나 필요에 의해 함께 사는 관계를 말한다. 우리는 서로에 대한 그 어떤 권리를 가질 수도, 외칠 수도, 서로 간섭할 수도 없다. 어떻게 사느냐는 우리의 선택인데 우리가 살아가는 방식은 제도권 안에서 매우 불리하단 얘기다. 온다 씨와 난다 씨를 '엄마'라고 부르지만, 제도권 안에서 그들은 나의 엄마가 아니다. 그러니까 나도 그들의 딸이 될 수가 없다. 생물학적으로 아무 관계가 아닌 나는 이 세상에 어떻게 나왔는지 고민해야 한다. 누구나 가지고 있는 이정표처럼 '나는 여기서 출발했고 여길 지나고 있고 앞으로 여기를 지날 예정이야. 그래서, 마침내, 이곳에 도착하면 나 '온이다'가 완성되는 거야'라고 말할 수 있는 지도가 없다.

이런 사소한 등기 우편물 하나로도 짜증이 나는데 가장 강력한 제도권 안이라고 할 수 있는 학교에서는 성가신 일이 더 많다. 이를테면 새 학기가 시작하자마자 첫 상담에서 담임이 날 부르는 경우다.

"부모님이 안 계시네?"

이미 중2 때 담임에게 들었을 것이다. 이런 이력은 대대손손 이어지듯 꼬리표처럼 따라오는 법이다.

"이모들이랑 살아요."

"이모?"

"설명하기 귀찮아서 엄마1, 엄마2라고 불러요."

조금은 놀리고 싶은 마음이었다. 그러니까 담임 너에게 설명하기 귀찮아, 하고 돌려 말하는 거다. 초임 교사인 담임은 당황하지 않으려고 무척 애를 쓰고 있었다.

"아, 그럼 학부모 상담 시간에 이모님이 오시겠네?"

담임은 생각보다 눈치가 없었다.

"엄마1, 2가 다 올 수도 있어요. 좀 극성이거든요."

"그럼, 어쩐다…. 두 분 다 오시면…."

"한 분만 오시라고 미리 얘기할게요."

"그, 그래 줄래? 내가 두 분은 감당할 수 없을 것 같아서…. 아, 기분 나쁜 건 아니지?"

"이해해요. 저도 가끔 감당 안 되거든요."

"널 많이 힘들게 해?"

"힘든 일, 뭐요?"

"아… 뭐, 말하기 곤란한 일이 있다거나 육체적으로 정신적으로 널 괴롭게 한다거나… 뭐, 그런….”

“걱정 마세요. 학대 같은 건 안 당하고 살아요.”

그러자 담임이 두 손을 절레절레 흔들며 대꾸했다.

“어머, 어머, 이다야, 꼭 그런 뜻은 아니었어.”

“학대당하면 제일 먼저 선생님한테 말할게요. 나가 봐도 되죠?”

“아, 아! 그, 그래….”

담임의 얼굴이 빨갛게 달아올랐다. 착한 담임에게 너무 고약하게 군 건 아닌지 살짝 찔렸지만, 처음부터 선을 분명하게 해야 귀찮아지지 않는다.

담임의 유형으로 치자면 이번 담임은 어설픈 유형에 가깝다. 제일 가관은 잘난 척 유형이다.

“나도 부모님이 일찍 돌아가셔서 고아처럼 자랐어.”

이렇게 시작하는 담임이 있었다. 그러면서 미주알고주알 내 사정을 다 알려고 하고 내 고통을 먼저 안다는 듯이 앞서갔다. 어찌나 내 입장을 잘 아는지 고아라서 어떤 혜택을 받을 수 있다며 설레발을 치는 바람에 다른 선생님들까지 내 처지를 알아 버렸다. 나중에는 그 담임이 고아도 아니었고, 부모님이 일찍 돌아가시지도 않았다는 것을 알았는데, 나를 위해 있는 자기 부모를 죽여 버린 것에 기가 막혀 웃음밖에 나오지 않았다.

어쨌든 나는 고아임에 틀림이 없다. 8살 때 파양된 이후 이

기관 저 기관을 떠돌다 온다 씨와 난다 씨에게 오게 된 것이 불과 6년 전이다.

열 살도 안 된 나는 이 세상이 날 버렸다는 걸 알았다. 작고 연약한 어린아이를 버리는 어른의 세상은 잔혹했고 비정했다. 일곱 살이 되어서 입양된 나는 채 1년을 살지 못한 채 다시 기관으로 보내졌다. 잠시 임시 보호를 갔다가 그마저도 힘들었는지 여러 기관을 전전했다. 이유는 단 한 가지였다. 너무 폭력적이라는 거였다. 사실 그때의 나는 계속 화가 났었다. 화가 나서 견딜 수가 없었다. 그저 화낼 이유를 찾는 것이 내 유일한 일이었다. 고작 그러한 이유로 버려질 수 있다는 걸 몰랐다. 그걸 알았다면 매우 고분고분한 아이가 되었을지도 모르겠다.

정말?

리얼리?

개뻥이다!

여전히 나는 화를 내고 있을 게 분명해 보인다. 지금도 그 화가 내 몸속 은밀한 곳에서 꿈틀대고 있다. 다만 나는 더는 버려지지 않기 위해서 계속 애쓰고 있는 건지도 모르겠다.

자꾸만 버려지다 보니 어린 나는 영악한 머리를 갖게 되었다. 그러니까 모든 인간관계가 타이밍이라는 정말이지 엄청난 비밀을 알게 되었다. 그즈음 온다 씨와 난다 씨가 내게 관심을 보였다. 아니, 정확하게는 온다 씨였다. 나는 온다 씨에게 잘 보이려고 노력을 했었나? 잘 기억나지 않는다. 어느 땐 결정적인 장면이 하얘지기도 한다. 온다 씨와 난다 씨는 함께 오기도 온다 씨 혼자 오기도 했다. 그렇게 몇 번을 찾아오던 온다 씨가 임시 보호 형식으로 나를 데려갔다. 매우 힘든 절차가 있었지만, 부모 자식 관계가 아닌 동거인이라는 형태로 나는 그들의 집에 무사히 착륙했다. 착륙은 했으나 처음부터 이 관계가 순조로웠던 것은 아니었다. 아마도 무던하고 침착하고 인내심이 강한 온다 씨가 아니었다면 지금의 나는 없을 터였다. 대가리가 커지고 눈치가 생기면서 두 여자의 관계가 남다르다는 걸 알았다. 그렇다고 이상한 일은 아니었다. 그들의 세상이 어딘지 모르게 다르다는 것은 내게 아무런 문제도 아니었다. 내게 중요한 것은 안전하고 평화로운 이곳에서 살 수만 있다면 그곳이 어디든 내 관심 밖이었다. 그러한 날들이 길었으면 동거인이라는 형태는 꽤 나쁘지 않은 구성이었다. 하지만 어느 날 알게 되었다. 내 성이 왜 온씨인지, 온다 씨와 난다 씨가 오래전부터 날 알았다는 걸. 물론 온다 씨를 의심했지만 혈연관계가 아니라고 하니 그저 심증만 갈 뿐이었다. 그러니까 날 버린 사람이거나 그 사람의 누군가일 지도 모른다는 생각이 들자 은밀한 곳의 화가 꿈틀대기 시작했다.

그날 저녁, 온다 씨가 늦은 퇴근을 했다. 이래저래 마음이 복잡해서 나가 보지도 않았다. 온다 씨가 내 방문부터 열었다.

"아무도 없는 줄 알았네. 난다는 아직 안 왔지?"

"…."

"저녁은?"

"…."

"무슨 일 있어? 아, 등기 때문이구나. 어쩔 수 없었어. 꼭 받아야 하는 서류거든."

"학원에서 받으면 되잖아."

"수업이 많아서 직접 못 받는단 말이야."

"여기도 마찬가지지."

"뭐가 마찬가지야? 여긴 네가 있잖아."

"나도 남이잖아. 내가 남이라는 걸 들켜야 속이 시원하겠어?"

나도 모르게 말이 튀어나왔다.

"이다야…."

묘한 정적이 우리를 감쌌다. 정적을 깬 건 난다 씨의 퇴근이었다.

"왜 그래? 무슨 일 있어?"

난다 씨가 신발을 벗으며 물었다.

"아니야. 나도 방금 왔어. 먼저 씻을게."

온다 씨가 방으로 향했다. 난다 씨가 내 방을 들여다보고는 온다 씨를 따라 방으로 갔다. 시야에서 둘이 사라지자마자 방문을 닫아 버렸다.

하지 말아야 할 말을 해 버렸다. 왜 매번 이런 일에서는 예외가 없는 걸까? 항상 후회하면서 상황은 비슷비슷했다. 등기를 받거나 신용카드를 발급하는 등 관계를 확인해야만 하는 일에서 나는 번번이 형편없는 애가 되어 버린다. 여전히 무엇이 두려운 걸까? 남들이 우리의 관계를 아는 것이 무서운 걸까? 생물학적으로 그들과 아무런 관계가 없다는 것이 억울한 건지도 모르겠다. 왜 온다 씨의 숨겨 놓은 딸이거나 하다못해 조카이거나 하다못해 난다 씨의 사촌의 사촌이 아닌지 이런 개 같은 현실이 싫을 뿐이다. 이 지구상에 누구와도 연결 지점이 없는 난 끈 없는 풍선 같은 존재다. 누군가의 손에 한 번도 잡혀 본 적이 없는 존재, 뻥 하고 터져도 아쉬워할 사람이 없다.

얼마나 시간이 지났을까, 누군가 살며시 방문을 두드렸다. 온다 씨다. 난다 씨는 저렇게 노크할 사람이 아니다. 온다 씨는 조용히 방문을 열고 방으로 들어와 침대에 살짝 걸터앉았다.

인터넷 강의를 듣는 척했다. 노트북 화면에 익숙한 얼굴이 방방 떠들어 대고 있다. 때론 이런 소리가 적막을 채우는 매우 좋은 효과음이 되기도 한다.

"네가 어떤 마음인지 알아."

"…."

"대답하기 싫으면 그냥 듣기만 해. 저 사람보다 내 얘기가 재밌을 거야."

"…."

"한때 나도 그랬어. 난다와 내 관계를 다른 사람들이 눈치챌까 봐 늘 무서웠거든. 그 감정을 받아들이는 데도 죽을 만큼 힘들었는데 그런 감정마저도 숨겨야 했어. 절대로 이해받을 수 없다는 걸 알았어. 가장 가까운 가족에게마저도. 엄청난 죄를 지은 거라 생각했어. 그런 생각은 나의 모든 걸 옭아맸지. 가까스로 용기를 냈는데 그마저 능숙하지 못하더라. 언니라고 했다가 친구라고 했다가 거짓말이 들쑥날쑥했어. 그런 거에 치밀하지 못하잖아, 내가. 아무리 숨기려고 해도 감춰지지 않는 게 있더라. 집도 직장도 여러 번 옮겼어. 떳떳한 척, 강한 척하다가 결국에는 세상한테 번번이 져 버렸거든. 이다야…."

온다 씨가 긴 이야기에 숨이 찼는지 짧게 침을 삼켰다.

"네가 뭘 두려워하는지 알아. 네 두려움은 불완전해서가 아니야. 다르다는 게 널 불안하게 하는 걸 거야. 그저 세상이 만들어 놓은 틀일 뿐인데. 왜 그럴까? 결국, 약속이잖아. 여자와 남자가 사랑해야 하고 같이 살아야 한다는 약속. 그건 절대적인 게 아니야. 그게 나랑 맞는지 그걸 생각했어. 두려워만 하기에는 내가 가여웠어. 그러다 스스로 부정하지 않기로 했지. 이다, 너에게도 그런 용기가 있었으면 해. 불완전한 게 아니고 다를 뿐이라는 걸 받아들인다면 조금은 편해질 수 있어. 조금 다른 가족일 뿐이야."

화면 속 남자가 어느새 사라졌다. 수업이 이미 끝난 모양이었다. 나는 정지된 화면을 빤히 바라보며 온다 씨의 작은 목소리에 귀 기울였다.

조금 다른 가족일 뿐이라는 온다 씨 얘기에 다 동의가 되는 것은 아니지만 온다 씨가 조곤조곤 말할 때마다 이상하리만치 화가 누그러진다. 마치 화를 잠재우는 노래를 들은 것처럼.

러브버그

우리 동네에 이상한 벌레들이 출몰했다. 오죽하면 뉴스에 나
올 정도로 호들갑을 떨었는데 그럴 만했다. 러브버그라는 이름
처럼 이 녀석들은 교미를 한 채로 발견되었다. 수백, 수천 마리
의 벌레들이 집단 교미를 하면서 이곳저곳에 나타났다. 호수며
인근 상가까지 날아와 사람들을 곤란하게 만들었다. 흔한 날벌
레가 이렇게 출몰해도 난리를 피울 텐데 교미를 한 채로 날아다
녀 더 큰 관심을 받았다. 도대체 왜 이들은 홀로 날지 않고 교미
를 한 채로 날아다닐까? 러브버그에게도 그럴 만한 사정이 있었
다. 뉴스를 보니 다른 놈과 교미를 못 하도록 붙어 있는 것이라
고 한다. 사람이나 벌레나 그놈의 사랑이 문제였다.

학교가 러브버그 얘기로 한동안 떠들썩했다. 우리는 벌레나

개를 좋아하니까 당연한 현상이었다. 우리가 쓰는 언어를 어른의 시선으로 본다면 천박하고 유치할 수 있겠다. 뭐, 상관없다. 개사납고, 개짜증나고, 개무시해도 되는 세상에 대한 복수심이라고 치자. 그래서 가끔 우리는 개가 되고 벌레가 된다. 개와 벌레한테 미안하긴 하지만 이 정도 놀이는 우리만의 소통이다. 너와 내가 같은 부류라는. 그러니까 러브버그는 우리의 실없는 농담거리가 되어 며칠을 즐겁게 만들었다.

이를테면, 이런 식이다.

"난 진짜로 러브버그로 태어나고 싶다. 계속 할 수 있는 저 끈질긴 에너지가 진짜 부럽다!"

호석이 신이 나서 떠들었다.

"그러다 빛도 못 보고 하직하는 수가 있다."

진지충 진지우다.

"그따위 빛이 문제겠어? 그것만 하다 죽는 게 내 꿈이다, 꿈."

"이런 변태들! 그만 좀 해라."

서라가 눈썹을 치켜떴다.

"그게 왜 변태냐? 보노보노는 평생 쉬지 않고 한대. 러브버그랑 비슷한 빈대는 하루에 몇 번 하는지 알아?"

"그걸 내가 왜 알아야 하는데?"

"알아 두는 게 좋을 거야. 잘 들어. 빈대는 하루에 2백 번 한단다. 그리고 사자는 마흔 번, 비둘기는 일곱 번, 또 뭐가 있더라…."

"야, 수학 공식을 그렇게 외우시지? 어디서 그딴 것만 듣는 거야?"

호석이 말에 진지우가 끼어들었다.

"들은 거 아니고 읽은 거거든!"

"근데 그 숫자 정확한 거냐?"

"그럼!"

"어디 문서로 나와 있는 거냐고."

"그렇다니까! 의심은 많아가지고."

"믿어지지 않는 숫자군⋯."

진지우가 진지하게 중얼거렸다.

국밥충 진지우는 진지충이자 벌레족의 대표 주자다. 그런 진지우에게 러브버그가 도무지 받아들여지지 않는 모양이다. 그럴 만하다. 진지우는 심하게 진지하니까. 국물이 없으면 밥을 못 먹고 한가한 농담에도 한없이 진지해지는 진지우, 나는 그 애가 왜 좋은지 모르겠다.

정말.

도대체.

도무지.

이해할 수가 없다.

누군가를 좋아하는 순간은 그야말로 순간이다. 교실 창으로 햇살이 쏟아지는 순간 살포시 숙인 얼굴에 그 햇살이 반짝였다면, 우산을 받치고 앞서가는 녀석의 한쪽 어깨가 가방 때문에 젖고 있다면, 실없는 농담에 콧등을 찡그리며 웃었다면 나는 설렐 준비가 되어 있었다.

오래 보고 자세히 보아야 예쁘다는 말은 틀렸다. 그렇게 시간이 걸렸다는 건 그녀가 그에게, 그녀가 그녀에게, 또는 그가 그녀에게 그가 그에게 반하지 않았다는 거다. 그냥 본 순간 예뻤다. 햇살에 환하게 빛났고 젖은 어깨를 우산 속으로 밀어 주고 싶었고, 이상한 웃음에 맞웃음으로 대답하고 싶은 순간은 찰나처럼 다가왔다.

난다 씨는 그렇게 온다 씨에게 반했고 러브버그도 그렇게 사랑을 시작한 건지도 모르겠다. 그럼 나도 그러한가? 그건 노코멘트다.

어쨌든 그렇게 온 순간을 나는 개밥에 말아 드셨다. 그날 이후 나는 진지우가 꼴 보기 싫을 만큼 싫어졌다. 설렘과 미움이 종이 한 장 차이인지는 모르겠으나 이렇게 순식간에 감정이 식는다는 게 이상할 정도였다. 감정이 행동에 미치는 영향은 컸다. 더는 그 애를 좋아하지 않는다고 생각하니까 때론 밉기까지 했다. 햇살 따윈 따가움이 되었고 비가 오는 날의 젖은 어깨가 더는 안쓰럽지 않았다. 이상한 웃음은 헤픈 웃음이 되었고 그런 웃음에 마음이 딱딱해지고 있었다.

저만치 까딸루 고양이가 흔들거리며 앞서 걷고 있다. 유진이 학원에 가는 모양이었다.

"같이 가!"

서둘러 유진이를 따라잡았다.

"어? 어디 가는 중? 구민센터?"

"아니, 엄마네 마트."

난다 씨가 다니는 마트 3층이 유진이 다니는 수학학원이다.

"지우 얼굴 보러 가는 건 아니고? 차라리 학원을 보내 달라고
해. 거기 가면 진지우 얼굴 볼 수 있으니까 일석이조 아니야?"

진지우도 유진이와 같은 학원을 다니고 있었다.

"난 남자한테 환장하지 않았거든. 영혼의 자유를 포기하고
그 애 얼굴 한 번 더 보라고? 내 영혼이 아깝다, 아까워."

"오호! 공부하기 싫어서는 아니고?"

"그것도 인정. 그리고 무엇보다 이제부터는 진지우를 좋아하
지 않아."

"이제부터? 그러니까 지금부터?"

"얼마 전부터."

"사랑이 변했구나."

"사랑은 무슨….'

"그거 있잖아. 사랑이 어떻게 변하냐? 그 대사 몰라?"

"변하지 않는 사랑도 있냐? 무슨 대사가 그렇게 구리냐?"

"그럼 애정이라고 해 두자. 애정이 변했나?"

"애정은 또 뭐래?"

감정이 차갑게 식어 다행이라고 해야 할까? 무엇보다 내 마음이 평화로워졌다.

"좋아. 사랑이든 애정이든 혹은 관심이든 뭐든 좋아. 진짜 진지우에 대한 감정이 식었어?"

"그렇대도!"

"착각 아니야? 그러니까 보여 주고 싶지 않은 모습을 들켜 버려서 에라 모르겠다, 이제 미워해야지, 이렇게 작정한 거 아니냐고?"

"그 말씀 틀리셨어. 나도 신기해서 돌아봤는데 처음부터 착각일 수도 있겠더라고."

"처음부터?"

"그래. 모든 암컷은 수컷에 대해서 관심이 있어야 하고 모든 수컷은 암컷을 좋아해야만 한다는 전 우주적인 이치에 사로잡혀서 대상을 만들어 낸 것은 아닐까, 하는 합리적 의심이 들었다 할까?"

"그게 합리적이냐?"

"합리적이지. 우리는 당연한 걸 당연하게 생각해. 당연하지 않은 건 돌연변이라 하지. 인류는 돌연변이를 혐오하잖아."

"돌연변이?"

"그래, 다름을 인정하지 않잖아. 세상은 돌연변이에 의해서 진화하는데도."

"오호! 그건 무슨 논리인고?"

"생각해 봐. 비슷한 유전자들끼리 결합하여 비슷한 유전자를 만들어 냈는데 갑자기 다른 게 툭 튀어 나왔어. 어? 이거 내 것 맞아? 하고 의심하지. 그리고 그걸 핍박해. 다르니까. 그런데 그 다른 놈이 한 놈 두 놈 늘어나. 원래 있던 유전자들과 다른 것들이 우연히 섞여. 그럼 비슷한 유전자에서 조금 다른 유전자가 나오고 또 그것들이 섞여서 또 다른 유전자가 생겨. 마구마구 확장되는 거야. 세상은 그렇게 급진적으로 진화한다는 거지."

"와. 이런 생각을 어떻게 했냐? 학원 안 다니고 구민센터 같은 데서 늙은 친구들이랑 놀면 알게 되나?"

"구민센터라면 몰라도 학교, 학원 따위가 어찌 이런 걸 가르치겠냐. 올라가라."

어느덧 마트에 도착했다. 유진에게 인사를 하고는 마트 안으로 들어갔다.

농담처럼 지껄였지만 오래된 생각이었다. 진지우를 좋아한다고 생각한 순간, 이 감정이 사실인지 생각해야만 했다. 헷갈렸다. 두근거리고 설레고 눈에 자꾸만 보이고 모든 행동학적 신체적 반응은 그러한데 내 머릿속은 꺼림칙했다. 마치 누군가를 좋아해야만 한다고 강요받은 것처럼.

온다 씨와 난다 씨로 채워지지 않는 어떤 결핍이 있었다. 나는 누구이고, 어디로부터 왔는지 끊임없이 묻고 또 물었다. 없는 지도를 들고 헤매고 있는 것 같았다.

열여섯이 되도록 누군가를 좋아했던 적이 없다. 수컷을 보고도 한 번도 설레 보지 않았다면 나의 강박이 조금은 이해가 될지도 모르겠다. 그래서 진지우가 눈에 들어 온 걸까? 혹여 온다 씨나 난다 씨처럼 여자를 좋아하는 게 싫어서? 모순되게두 나는 온다 씨와 난다 씨를 좋아하고 이해하지만 내가 그런 모습으로 사는 것은 싫었다. 아마도 나는 급진적인 진화보다 당연한 진화를 선택한 모양이다.

난다 씨가 일하는 식품 매장은 맨 안쪽에 있다. 계산대를 지나고 긴 진열장을 지나 중앙 채소 매대를 지나면 육류, 해산물, 그리고 작은 시식 코너가 딸린 식품 매장이 나란히 있다. 난다 씨 식품 매장에서는 유통기한이 다한 생선이나 육류, 채소로 만든 전이나 볶음, 반찬 같은 걸 팔고 있다. 요리하는 이모는 따로 있어서 딱히 난다 씨가 요리를 하지는 않았다.

마트 안쪽으로 걸어가고 있을 때였다. 얼핏 과자 코너 사이에 서 있는 녀석을 보았다. 진지우였다. 여태 진지우 이야기를 했는데 눈앞에 있으니까 일부러 등장시킨 인물처럼 느껴졌다.

과자 코너가 아닌 세제 통로 쪽으로 방향을 틀었다. 굳이 마주치고 싶지 않았다. 그런데 통로 끝에 진지우가 떡하니 버티고 서 있었다. 마치 나를 기다린 것처럼. 정면으로 녀석과 내가 대치하고 있는 형국이었다. 어쩔 수 없이 시선을 돌려 정렬된 세제를 훑으며 걷기 시작했다.

'뭐야, 저 녀석….'

속으로 중얼거렸다.

조금 가슴이 두근거렸나? 아니다, 그럴 리가 없다. 그 마음은 그대로다. 학교에서 확인한 감정이 아니던가.

"야, 온이다. 얘기 좀 하자."

녀석도 날 향해 걸어오더니 2-3미터 앞에서 멈췄다.

"나 기다린 거?"

나도 녀석을 똑바로 바라보았다.

"내가? 우연이겠지!"

녀석이 시치미를 뗐다. 작정한 듯한 말투와 말이 다르게 느껴졌다.

"그럼 뭐? 얼른 얘기해."

"너 왜 나 피하냐?"

"뭐?"

"날 왜 피하냐고?"

"내가 언제?"

"지금도 그래. 아까 저쪽 통로에서 나 봤잖아. 일부러 피해서 여기로 온 거 아니야?"

"아니거든! 살 게 있어서 이쪽으로 온거거든."

"학교에서는?"

"학교에서 뭐? 학교에서 내가 널 피했다고?"

"응. 아냐?"

"아냐!"

"피했어."

"아니라니까!"

"맞다니까!"

개짜증이다. 집요한 자식. 누가 진지충 아니랄까 봐 죽기 살기로 따지고 있다.

"그래서? 그렇다고 쳐. 그게 뭐가 중요한데?"

"중요해."

"왜?"

"좋아하니까."

녀석이 침을 한번 꿀꺽 삼켰다.

"뭐?"

잘못 들은 것 같아 더 크게 물었다. 귓구멍에 바람이 들었나 자꾸만 헛것이 들린다.

"널 좋아한다고."

순간 얼굴이 빨개지고 말았다. 고개를 돌려 누가 듣고 있는 건 아닌지 확인을 해야만 했다. 이를테면 난다 씨 같은 인간 말이다.

다행히 난다 씨는 보이지 않았다. 당연한 일 아닌가? 식품 코너는 눈에 보이지도 않는다. 그나저나 이미 빨개진 이 얼굴을 어떻게 돌려야 할지 난감했다.

"다시 한번 진지하게 말할게. 나 진짜 너 좋아해. 그러니까 생각해 봐."

진지우가 마지막 통보처럼 말하고는 나를 지나쳐 갔다.

그렇게 지나가면 그만이었다. 어느 땐 듣고 무시해야 하는 말도 있다. 어느 땐 말하지 말아야 하는 순간이 있는 것처럼.

그런데 빌어먹을! 나는 묻고 말았다.

"뭘 생각해 봐?"

진지우가 뒤돌아섰다. 녀석의 얼굴도 신선한 당근처럼 빨 갰다.

"나랑 사귈지 말지 생각해 보라고!"

녀석은 말이 끝나자마자 빠르게, 잽싸게 걸어서 멀어져 갔다.

나는 멍하니 녀석의 뒤꽁무니를 바라보기만 했다. 지금 벌어진 일들이 정말 벌어진 일인지 곰곰이 곱씹어 보아야 하는데 머릿속이 하얬다. 아무 생각이 들지 않는 게 바로 이런 거였다. 세상에나! 내가 아무 생각도 안 하는 순간이 있다니!

"지우라는 애 봤어?"

누군가 나를 현실 속으로 끌어내렸다. 식품 매장에서 열심히 일하고 있어야 할 난다 씨였다.

"봤어⋯."

"너 찾더라. 잠시 후면 온다고 했는데 다행히 만났네."

"으응⋯."

"무슨 일 있어? 넋 나간 애처럼."

"넋? 넋이라⋯."

"무슨 고백이라도 받았어? 가출한 넋 잡아 올까?"

난다 씨가 웬일로 실없는 농담을 다 했다.

"됐거든."

"빨리 와. 야채 좀 집에다 갖다 놔. 세일해서 샀어. 온다가 오늘은 일찍 온대."

난다 씨가 야채 매대 쪽으로 향했다. 나는 묵묵히 난다 씨 뒤를 따라갔다.

큰 봉투에는 대파와 당근, 브로콜리, 호박이랑 검은 비닐봉지 몇 개가 들어 있다. 아마도 생선이나 고기가 들어 있는 모양이다. 물컹한 느낌과 냄새가 그러했다.

"가자마자 냉장고에 넣어. 식탁 위에 올려놓지 말고."

"알았어."

"먹고 싶은 거 없어? 과일이랑 과자 같은 거? 아, 생리대 좀 사야 하는데. 아니다. 그건 나중에, 나중에 세일할 때 사자."

난다 씨는 혼자 묻고 혼자 대답했다. 그런데 난다 씨가 준 장바구니가 묵직했다.

"뭐가 이렇게 많아?"

"내일 손님 오거든."

"누구? 그 사람들?"

우리 집에 손님이 오는 경우는 매우 드문 일이다. 정기적으로 오는 손님은 물론 예외다. 그들이 과연 우리가 초대한 손님이 맞는지 모르겠으나 어쨌든 그들은 정기적으로 우리 집을 방문한다. 고아인 미성년자를 잘 데리고 있는지 조사차 오는 것이다. 우리는 그때만 되면 잔뜩 긴장한다. 늘 하던 청소도 다시 한번 점검하고 특히 내 방에 이상한 물건은 없는지 꼼꼼하게 살펴봐야 한다. 우리의 살림을 누군가에게 정기적으로 검사를 받아야 하고 우리 관계가 건강하다는 걸 증명해야 한다. 그럴 때마다 또 욕이 나온다. 빌어먹을! 빌어먹을!

"그 사람들 아니야. 이따가 말해 줄게."

"확실하지?"

"그렇대도."

"그럼 가도 돼?"

"어, 그래."

서둘러 뒤돌아 가려고 할 때였다.

"이다야?"

"응?"

어울리지 않게 난다 씨가 잠시 주저했다.

"고백을 받았다면 전투적으로 생각해 봐."

"고백?"

"그래. 누군가의 고백이 엄청난 용기일 수 있어. 그러니까 그걸 함부로 생각하지 말란 말이야."

난다 씨 눈치는 그야말로 백 단이다. 아니면 진지우가 쓸데없는 말을 했을 수도 있겠다.

"치! 고백 아니라고."

"어쨌든. 누군가의 감정도 소중하다고. 물론 가장 중요한 것은 네 감정이야. 그런데 어떤 선입견 때문에 네 감정을 똑바로 못 볼 수도 있으니까 하는 말이야."

나는 대답하지 않고 성큼성큼 걸어서 난다 씨로부터 멀어져 갔다. 난다 씨가 내 뒤통수를 쩨려보고 있다는 걸 알 수 있었다. 찌릿찌릿 익숙한 주파수가 뒤통수에서 울리고 있었다.

두 개의 이름을 가진 사람들

모처럼 모두가 쉬는 날이다. 어제부터 온다 씨가 분주했다. 씻고 자르고 볶고 튀기기까지 하는 수고를 하더니 아침부터 청소를 하느라 나까지 심란하게 만들었다.

"뭐야, 누가 오는데?"

"온다 첫사랑."

"와, 정말? 몇 살 때 만난 사람이야? 얼마나 사귀었는데?"

"워워, 진정해. 아주 잠깐 사귄 사이야. 하지만 그래도 첫사랑이고 많이 좋아했던 모양이야."

"아무리 우리가 급진적인 사람들이라고 하지만 첫사랑을 집으로 초대했단 말이야? 난다 씨 괜찮겠어?"

"살짝 화가 나려고 하지만 어쩌겠어. 차라리 내 눈앞에서 목격하는 게 낫지 않아?"

난다 씨 유머 컨디션이 오늘은 쾌청하다. 냉소적인 유머 하나하나가 주옥같다.

"와, 이거 흥미진진한걸."

드디어 3시가 되자 온다 씨가 초조하다는 듯이 자꾸만 시계를 봤다.

"이다 너도 옷 갈아입어."

"옷까지 갈아입어야 해?"

"당연하지. 우리가 얼마나 근사한 가족인지 한 방에 보여 줘야 한다고. 얼른!"

마지못해 내 방으로 들어가 무지 티셔츠와 청바지로 갈아입었다. 최소한 무릎 나온 체육복은 아니니까.

거실로 나오자 난다 씨가 온다 씨 손등을 쓰다듬으며 말했다.

"괜찮을 거야, 걱정하지 마."

"알아. 그런데 왜 이렇게 긴장되지? 이다는 보기에 어때?"

난다 씨가 옷을 갈아입고 나온 나를 바라보았다.

"이뻐."

"내가 이뻐야 해? 그런 건 싫은데?"

내가 투덜대자 온다 씨가 웃으며 난다 씨 어깨에 고개를 기대었다. 난다 씨가 온다 씨 어깨를 꼭 안아 주었다. 야단스럽지 않은 조용한 몸짓이었다.

10분쯤 지났을까, 온다 씨 핸드폰이 울렸다.

"왔대."

온다 씨와 난다 씨가 일어서 현관문을 열었다. 아파트 복도 끝에서 분주한 발걸음이 들렸다. 여자 둘, 남자 한 명이었다.

집에 들어온 일행은 날 향해 인사를 했다.

"반가워요."

그중 누군가 말했다. 나도 짧게 인사를 했다.

그들은 집안을 두리번거렸고 누군가 집이 좋다고 말했다. 초대해 줘서 고맙다는 말도 했다.

"자, 다들 앉아. 집이 조금 좁지?"

"이 정도면 셋이 살기에는 넉넉한걸."

난다 씨가 키가 큰 여자분과 이런저런 대화를 했다.

나는 미리 깎아 놓은 과일을 내놓았고 온다 씨는 음료를 꺼내서 컵에 따랐다. 그러는 와중에도 나는 유일한 남자가 눈에 밟혔다. 온다 씨 첫사랑이라면 저 사람일 것이다. 온다 씨는 첫사랑 때문에 자신이 여자를 좋아한다는 걸 알았다고 했다.

보니라는 남자는 왜소하지만 미남이었다. 면도를 깨끗하게 안 했는지 턱에 푸릇한 수염이 났는데 그 모습이 매력적이었다. 또 다른 사람은 키가 큰 다월이라는 트랜스젠더였다. 남자이지만 남자이기를 거부한, 아니 여자여야만 하는 사람은 수줍어 보였다. 그리 진하지 않은 화장 때문에 남자 모습이 살짝 보였다.

우연이라는 여자분은 정말 화려한 여자였다. 민트색 블라우스가 진한 화장과 잘 어울렸다. 비슷한 계열의 손톱 색깔 때문에 그녀가 얼마나 정성껏 자신을 가꾸는지 한눈에 알 수 있었다.

작은 거실에 여섯 명이 옹기종기 모여 앉았다.

"잘 지냈어?"

온다 씨가 물었다. 보니 씨가 활짝 웃으며 고개를 끄덕이는데 순간 나와 눈이 마주쳤다. 보니 씨도 나도 서둘러 시선을 피했다.

"온다도?"

저음의 목소리가 동굴에서 울리는 듯했다.

"몇 년 만이지?"

난다 씨가 끼어들었다.

"5, 6년 됐나?"

"이다가 오기 훨씬 전이니까 한 7년 된 것 같아."

온다 씨가 과일 접시를 보니 씨 앞으로 밀어 주었다.

"사진으로만 봤는데 잘 컸네…."

"맞아. 훨씬 이쁜걸?"

보니 씨와 다월 씨는 어릴 적 내 사진을 본 듯했다. 아마도 내가 모르는 근황이 오고 간 모양이었다.

"뭐가 이뻐? 나 어릴 때 미모에 비하면 어림도 없지."

난다 씨가 끼어들었다. 그러자 모두가 한바탕 웃어 댔다. 살짝 긴장감이 돌던 분위가 조금은 누그러졌다.

"시간 빠르지?"

"그렇지. 우리도 마흔이 넘었으니까."

온다 씨 물음에 보니 씨 눈빛이 깊어졌다. 만난 지 이제 30여 분 되었지만 보니 씨 눈은 특별했다. 입은 웃고 있는데 눈은 웃지 않았다. 그럴 때마다 살짝 슬퍼 보였다. 남자의 눈을 자세히 본 적이 없어서 그런 건지도 모르겠다. 하여튼 묘한 사내였다.

"아직도 재단에서 일하는 거야?"

"응. 요즘은 그래도 일할 만해. 가끔 계란은 맞아도 주먹은 안 맞아."

"무슨 소리? 지난달 집회에서 호란이 맞아서 쓰러졌었어."

다월 씨가 못마땅하다는 듯이 고개를 흔들었다.

"그런 일이 있었어? 집행부에 얘기하고 자료 모아서 고발했어야지!"

우연 씨가 격한 어조로 끼어들었다.

"아니야, 호란이도 그 사람을 친 모양이야. 쌍방이라서 그냥 넘어간 것 같아."

"그렇게 대응하지 말래도. 그놈의 성질머리는!"

그들의 이야기는 딴 세상 얘기처럼 들렸다. 난다 씨가 자리에서 일어나 냉장고에 있는 와인을 꺼냈다. 온다 씨가 싸구려 와인 치고는 향이 좋다고 말한 거였다. 잽싸게 난다 씨 곁으로 가서 치즈를 꺼냈다. 오랜 가사 분업으로 이 정도 눈치는 있었다. 그러자 난다 씨가 한쪽 눈썹을 올리며 눈을 찡긋했다. 기분이 좋거나 흡족할 때마다 나오는 버릇이었다. 그때 텔레비전 옆에 있던 내 핸드폰이 울렸다.

"가서 전화 받아. 내가 마저 할게."

서둘러 핸드폰을 들고 베란다로 나갔다. 유진이었다.

"지우 만났다면서?"

서론도 없이 유진이 물었다.

"응."

"그래서 뭐래?"

"뭘 뭐래?"

"고백 안 했어?"

유진이 내가 모르는 것을 알고 있는 듯했다.

"어떻게 알아? 진지우가 나한테 고백했다는 거?"

"했구나?"

"했어."

"그, 그렇구나…."

유진이 잠시 망설였다.

"어떻게 아냐니까?"

"널 좋아한다고 하길래 고백해 보라고 했지."

"그런 걸 왜 너한테 상의한 거야? 너희 둘, 친해?"

"그런 게 있어. 친구는 가까이 적은 더 가까이라고 해 두자."

"이건 또 뭔 소리야? 친구는 나일 테고 적은 진지우야? 왜?"

"하여튼 그런 게 있다고. 그래서 어쩔 건데?"

"뭘 어째? 난 이미 식었어. 다 끝났어."

"시작도 안 하고 끝나는 게 어디 있냐? 넌 참 바보다."

"됐어. 그리고 이런 이야긴 당사자들끼리 하고 싶다."

"흠, 난 당사자가 아니란 얘기네?"

"너답지 않게 왜 이러지?"

"나다운 게 뭔데?"

왁자지껄 한바탕 웃음소리가 들려왔다. 몸을 돌려 거실 안을 들여다봤다. 마치 영화에서 본 성탄절 전야 같았다. 저 안이 몹시도 다정해 보였다.

"끊어야 해. 손님들이 와 있어. 나중에 말하자."

"아냐, 나중에도 말하지 않는 게 낫겠어."

핸드폰 너머 유진이 목소리가 지나치게 차분했다.

"왜 그래?"

"그만 끊자."

핸드폰 너머 정적이 오늘따라 더 싸늘하게 느껴졌다.

내가 통화가 끝난 걸 보고는 보니 씨가 베란다로 나왔다.

"남자 친구?"

보니 씨는 자연스럽게 담배를 꺼내 물었다. 연초가 아니라

전자 담배였다. 요즘은 연초보다 전자 담배를 태우는 어른이, 아이들이 더 많이 보이는 듯했다.

"남자 친구 없어요."

"그 나이 땐 다들 남자 친구 정도는 가지고 있지 않나? 미안해. 내가 아이를 잘 몰라서."

"미안할 필요는 없어요."

"난 아이가 무서워."

"흠, 이해는 해요. 저도 약간 그렇거든요."

"그런 의미는 아니지만 이해한다는 네 말이 왠지 응원 같아서 기분은 좋네."

"제 응원이 필요하세요?"

"우리는 늘 응원이 필요한 사람들이지."

"아, 그런가요? 온다 씨와 난다 씨도 그럴까요?"

"당연하지. 그런데 온다와 난다는 지금 가장 확실하게 응원을 받고 있네. 오늘 여길 와서 보니까 그래."

"저 말인가요?"

"그래. 너라는 존재보다 더 좋은 응원군은 없을 테니까."

"그건 모르겠지만 저한테도 온다 씨와 난다 씨는 힘을 주는 엄마들이에요. 그건 확실하죠."

"고마운 일이야…."

보니 씨가 얕은 한숨처럼 말했다.

그제야 보니 씨가 평범한 남자가 아니라는 걸 알았다. 그도 성소수자 중 한 명이었다. 그래서 묻고 싶었다. 그러면 속 시원하게 대답해 줄 것만 같았다.

"그런데 자기 정체성을 언제쯤이면 확실하게 알 수 있어요?"

"여자를 좋아하는지 남자를 좋아하는지 말이니?"

"네."

"요즘은 일찍 아는 모양이야. 빠르면 초등학교 때 아는 사람도 있어. 나는 아주 늦게 알았어. 나는 나한테 관심이 없었거든."

"자신한테 관심이 없었다고요? 어떻게 그래요?"

"그렇지? 아주 바보 같았지. 좀 더 빨리 알았다면, 용기를 냈다면 아무도 안 다쳤을 거야."

"누가 다쳤나요?"

"여러 사람을 아프게 했어. 그래서 늘 미안한 마음으로 살지."

"미안해하면서 사는 거 힘들 거 같아요."

"힘들어. 흐흐흐… 힘들어야 마땅하지….'

보니 씨가 힘없이 웃었다.

"뭐 하나 물어볼게요."

"뭐든!"

"다들 자기 이름이 아니죠? 왜 예명을 쓰는 거예요?"

"태어나자마자 주어진 이름을 거부하니까. 부모가 준 이름을 거부하듯이 우리는 태어나자마자 주어진 성을 거부했어. 우리는 우리가 부르는 이름으로, 성으로 살아가길 원해."

"대충 그럴 거라 눈치챘어요. 그럼 보니는 무슨 뜻이에요?"

"보이의 또 다른 이름. 발음이 비슷하게 들리니까 이 이름이 좋아. 네가 나에게 보니 씨라고 할 때마다 기분이 좋아져. 난 정말 보이가 되길 원했으니까."

"왠지 다들 이름이 심상치 않았어요. 온다 씨와 난다 씨처럼."

"우연은 자기 이름이야. 그래서는 아니지만 우연은 성소수자도 아니고. 물론 성소수자라고 다 예명을 쓰는 것도 아니지."

"정말요? 그런데 왜 여기에…."

"왜 정상인이 우리와 함께 있느냐고?"

"아, 아니에요. 그런 의미는."

"상관없어. 우연은 다월의 연인이었어. 지금은 친구지만."

"무척 복잡하네요."

"단순한 거야. 사랑은 생각보다 단순해."

"아, 그런가요? 잘 모르겠어요. 이런 걸 물어도 되는 건지 모르겠는데 왠지 그래도 될 것 같아서 물어볼게요."

이상하리만치 보니 씨와 대화를 하는 게 즐거웠다. 자꾸만 묻고 싶고 그의 생각을 듣고 싶었다. 대화라면 엄마들과 충분히 하는 편인데 또 다른 느낌이다. 남이라서 그런가 부담이 없고 마음이 편했다.

"뭐든지!"

"아저씨는 게이예요?"

"흐흐, 역시 올 게 왔구나. 정확히 말하자면, 바이젠더이기도 하고, 팬로맨틱이라고 할 수도 있지. 그런데 요즘은 에이섹슈얼에 가까워."

"와, 뭐가 그렇게 많아요? 마지막 것만 알아들었어요."

"오호, 그 정도면 훌륭해."

"무성애자는 슬프잖아요."

"하하하, 그렇지. 하지만 사람은 사랑만 하는 게 아니니까."

"그렇긴 하지만 정체성을 찾는 건 사랑과 매우 상관있는 것 같아요. 자기 정체성을 사랑을 통해서 아는 경우가 많잖아요?"

"그렇지. 생각보다 많은 걸 공부했네?"

"공부가 아니라 자연스럽게 알게 되었어요. 레즈비언 엄마들과 함께 사니까요."

"그런가? 하여튼, 사랑과 동시에 자신을 보게 되니까 결정적으로 알게 되지. 하지만 그 전에 아는 경우가 더 많아. 아니, 안다기보다는 의심하지. 그때가 가장 괴로워."

"차라리 사랑하면서 아는 게 낫겠네요. 적어도 덜 괴로울 테니까."

"그렇지 않을 거야. 사랑하는 내내 괴로울 수도 있으니까. 어느 철학자가 그랬어. 사랑은 감정이 아니고 상태라고."

"상태요? 어째서요?"

"배고픈 건 감정이잖아. 배고픈 걸 해결하면 해소돼. 그런데 사랑은 사랑을 해도 해결이 안 돼. 사랑은 계속 사랑할 때만 지속하지. 해소되지 않은 감정은 괴롭지만, 사람은 사랑을 유지해. 그러니까 감정이 아니고 상태인 거지."

"복잡하네요."

"복잡한 건 생각이야. 몸은 그에 반해 정직하거든."

"그럼 누군가를 좋아하면 몸이 먼저 알아요?"

"누군가를 좋아하니?"

"다들 그게 왜 궁금한지 모르겠어요. 자꾸 물어요. 좋아하냐고, 또는 왜 안 좋아하냐고요. 저도 저한테 묻고 있더라고요. 어이없죠?"

"사람은 혼자 살 수 있는 동물이 아니니까. 결국 누군가를 좋아하고 미워하고 누군가와 함께 살아가는 존재니까 궁금한 거야. 지금 누굴 사랑하고 있는지. 관계에서 감정이 빠진다면 갈등도 적어지겠지만 감정은 없을 수가 없어. 마치 공기처럼."

"공기처럼요? 그럼 사랑하지 않는 인간은 죽어요?"

"그러고 보니 죽지 않으려고 사랑하는 것 같구나."

"참, 평화로운 말이네요. 사는 게 사랑이라니."

"난 이분법으로 가르는 걸 좋아하지 않아. 그 안에는 더 많은 의미가 있어. 사람 간의 사랑만이 사랑은 아니야."

무슨 말인지 알 것 같았다. 삶의 반대말이 죽음이 아니듯 평화의 반대가 전쟁은 아닐 것이다. 사랑의 반대가 미움이 아니듯. 언어에는 다양한 의미들이 있고 맥락이란 것도 있을 터인데 종종 사람들은 이거 아니면 저거를 선택하라고 한다. 그 무분별한 분류가 얼마나 터무니없는 것인지 나는 알고 있다.

"동감이에요. 그런 의미에서 저를 더 자세히 들여다봐야겠어요."

"정말 잘 컸구나…."

보니 씨가 나를 보고 웃었다. 눈은 웃지 않는 그 특유의 미소였다.

"뭐가 이렇게 재밌는 거야?"

온다 씨도 베란다로 나왔다.

"우리의 정체성에 대해서 심오한 대화를 나누는 중이었어."

"정말? 이다의 정체성이라면 내가 제일 먼저 알아야 하는데?"

"원래 가장 가까운 사람이 가장 늦는 법이야."

온다 씨가 과하게 웃었다. 왠지 일부러 더 밝게 웃는 것 같았다. 나는 그들을 뒤로하고 베란다를 빠져나와 식탁 의자 하나에 앉아 거실 풍경을 바라보았다. 지켜보기에 가장 좋은 자리였다. 그러자 다월 씨가 내 맞은편 의자에 앉아 그윽하게 나를 바라보았다. 옅은 화장에 비해 붙인 속눈썹은 길고 진했다. 인공 눈썹이라는 걸 애써 말하고 있었다.

"우리를 평범하게 보아서 다행이야."

"같이 살고 있으니까요. 제겐 그냥 다 평범해서 지루할 정도예요."

"온다와 난다랑 사는 게 지루해? 그럴 리가!"

"둘이 싸울 땐 좀 재밌어요."

"호호호! 그래 재들이 싸울 땐 대단하지. 요즘도 싸움을 대화로 하나?"

"그럼요. 어디 가겠어요. 세 시간 동안 싸울 땐 정말 미치는 줄 알았어요. 제가 구경하다 잠이 들었잖아요."

"하하하. 그래, 그래. 정말 평범하지!"

"저도 평범한걸요. 엄마를 둘이나 가지고 있는데도 공식적으로 고아거든요. 이보다 더 평범할 순 없죠."

"오, 모르는구나?"

"뭘요?"

"넌 고아가 아니야."

"제가 고아가 아니라고요?"

"넌 우리의 아기야."

"우리요?"

"그래. 온다, 난다를 비롯한 우리 모두의 아기. 네가 자라는 걸 모두가 지켜보았어. 여기까지 오는 데 오래 걸렸지만."

"다들 날 안다는 거네요?"

"그렇지."

"왜죠?"

"왜냐고? 이미 답을 말했는데."

"모두의 아기라…. 그럼 제 엄마가 누군지 알고 있다는 거네요. 혹시 아빠까지도?"

그 순간 다월의 표정이 어두워졌다.

"아, 아니… 그게 궁금하니?"

"안 궁금하겠어요? 엄청 궁금하죠."

"그래, 궁금할 나이지. 왜 안 그렇겠어…."

다월 씨는 마치 혼잣말처럼 중얼거리더니 서둘러 자리에서 일어나 그들 속에 앉았다. 이 대화를 계속하고 싶지 않은 모양이었다.

한바탕 서로의 근황이 실없는 수다로 이어졌다. 베란다 너머 해가 지고 있었다. 우리는 누가 먼저랄 것도 없이 식탁 앞으로 다가갔다. 저녁을 차리는 사람이 많았다. 온다 씨가 좋아하는 쳇 베이커의 음악은 그릇 소리와 물소리, 냉장고 문을 여닫는 소리와 기분 좋게 부딪쳤다. 유일하게 우연 씨와 나만 거실 소파에 앉아 있었다. 그녀는 이 집에 들어와서 내게 한마디도 하지 않은 유일한 사람이었다. 관심이 없어 보였고 딱히 내게 잘 보이려고 애쓰지 않았다. 그래서 부담 없이 있을 수 있었지만, 왠지 말을 해야 할 것 같은 압박감이 밀려왔다.

"뭐든 말할까요?"

"할 말도 없는데 굳이 그러지 말자."

우연 씨 대답에 그만 입을 다물었다. 딱히 적의는 느껴지지 않았다. 아마도 그녀에게 나는 '우리의 아기'가 아닌 모양이었다.

부엌에서 분주하게 서성이는 그들을 바라보았다.

다정한 보니 씨도 수줍은 다월 씨도 온다 씨 첫사랑일 수 있겠다. 둘 다 온다 씨가 사랑할 만큼 매력적인 사람으로 보였다.

"누가 온다 씨 첫 사랑이지?"

나도 모르게 중얼거렸다. 내 시선이 보니 씨와 다월 씨에게 향한 걸 보고는 우연 씨가 대꾸했다.

"나일 수도 있잖아? 왜 저쪽에만 있다고 생각해?"

말하지 말자던 우연씨도 이제는 말할 기분이 든 모양이다.

"다월 님 연인이었다고 들었어요."

"그래. 첫사랑은 아니었지. 그런데 그 소리는 누가 한 거야?"

"보니 씨가요."

"저 남자가 입이 싸."

픽, 하고 웃음이 나왔다.

"그런데 남자로 살다가 여자로 사는 건 어떤 걸까요?"

"다월?"

"네."

"흔히 너처럼 질문하는 데 사실은 질문이 틀렸어."

"제 질문이 틀렸다고요? 어째서요?"

"다월은 한 번도 남자인 적이 없다는 거지. 다월은 처음부터 여자였어. 그러니까 남자로 살아본 적이 없어. 그런데 몸이 남자인 거야. 그럼 어떨까?"

"괴롭겠죠."

"빙고! 그래서 계속 말하는 거야. 보이는 것만 보지 말라고."

"아, 그렇군요⋯."

순간 우연 씨를 보면서 고맙다는 생각이 들었다. 진짜 다월 씨의 모습을 보고 도망가지 않아서. 친구로라도 그녀의 곁에 남아 주어서.

종종 성 정체성을 알게 되면 주변 사람이나 가족들이 그들을 버리거나 심하게는 증오하기도 한다. 그들 탓이 아닌데 마치 병에 걸린 사람처럼 취급한다. 그들의 혐오는 점점 굳세어져 마치 신념처럼 확고해진다. 우연 씨가 그런 사람이 아니라서 참 다행이었다. 그런데 내가 왜 우연 씨한테 고마운 걸까? 이것도 이상한 일이긴 하다.

"자, 이제 첫사랑은 안 궁금해?"

엉뚱한 생각에 빠져 있는데 우연 씨가 물었다.

"아뇨, 궁금해요!"

드디어 만찬이 차려졌다. 야외용 테이블을 식탁 옆에 붙여 긴 탁자가 만들어졌다. 샐러드와 전, 갈비 조림, 마트에서 사 온 홍어 무침과 잡채, 오이 냉채와 치즈와 베이컨, 과일과 와인, 소주, 과일 주스 등 형식도 주 메뉴도 없는 다양한 음식의 조합이었다. 모두 각자의 취향대로 음식을 자기 접시에 덜어 먹었다. 어느 정도 배가 차자 난다 씨가 작은 케이크를 들고 나왔다.

"이러다 축하할 타이밍을 놓치겠어."

테이블 중앙에 있는 접시를 조금씩 움직여 케이크 놓을 자리를 마련하자 난다 씨가 초를 꽂았다. 초에 불을 밝히자 우연 씨가 핸드폰을 들고 사진을 찍기 시작했다.

"보니의 성공적인 FTM을 축하해!"

난다 씨가 작은 소리로 말했다. 보니 씨가 쑥스럽다는 듯이 촛불을 껐다. 모두가 박수를 치며 활짝 웃었다. 너무 기뻐서일까? 다월 씨는 살짝 흐른 눈물을 훔쳤다. FTM이 무엇인지 모르는 나로서는 이 모습이 낯설었다. 하지만 무엇인가 힘든 걸 해낸 모양이었다.

"지정 성별에서 자유로워진 걸 의미해."

우연 씨가 내 귀에 대고 속삭였다.

"지정 성별이요?"

"그래. 인간은 태어나자마자 일방적으로 성별을 지정당하거든. 공주님이에요, 왕자님이에요, 하고 말이지. 우리가 가진 성 정체성과 무관하게 성별을 부여받는다는 얘기야. 우린 이걸 지정 성별이라고 말해. 그것에서 벗어나는 데 오래 걸렸어. 보니는 이제 자신이 원하는 성으로 살아가게 되었어. 법적으로 대외적으로 말이야. 진심으로 축하할 일이지."

보니 씨는 드디어 성별 결정을 자신의 의지대로 한 모양이었다. 주민등록번호 뒷자리 '1'을 받으려고 기나긴 싸움을 했다고 한다. 가슴 수술을 했고 몇 년째 호르몬제를 먹었다. 자신의 성을 남에게 증명해야 하는 지난한 싸움이었다. 벌써 세 번째 도전이었다. 마지막 법정에 선 보니 씨의 어머님이 그 싸움에 많은 도움을 준 모양이었다.

"어머님 증언이 중요한 역할을 했다면서?"

난다 씨가 물었다.

"그랬지. 특히 법정에서 보니 어릴 때 사진을 다 들고 나와서 증언한 건 압권이었어."

"어떤 사진?"

"보니는 어릴 때도 보이였더라. 여성성이라고는 찾아볼 수 없더라고. 어머님이 그 사진을 보여 주면서 이렇게 말했지. '이 아이가 정말 여자아이 같은가요? 저도 오랜 시간 간절히 바랐습니다. 딸로 살아가길요. 하지만 보세요. 이 아이는 남자아이였어요. 이걸 받아들이는 데 40년이 걸렸습니다. 더는 기다리기가 힘이 들어요.' 그렇게 말씀하시는데 법정이 다 숙연해지더라고."

"판사도 더는 말을 하지 못했겠네."

"그랬어. 오히려 사회의 편견과 싸울 길이 험난할 거라며 응원해 주었어."

"대단해! 정말 대단한 어머니셔."

다월 씨가 유난히 부러워했다.

축하도 파티도 무르익었다. 이름이 두 개인 사람들은 지극히 편안해 보였다. 궁금하고 초조한 사람은 나뿐인 것 같았다. 단지 온다 씨 첫사랑이 누구인지 그걸 알고 싶을 뿐인데. 그걸 안다면 '우리의 아기'가 어떤 존재인지, 그 존재를 만든 사람에 대한 이야기까지 알 수 있을 터였다. 그래서 기꺼이 이 자리를 지켰다. 그들이 궁금하긴 했지만 나는 나의 이야기가 가장 궁금했다. 그런데 이제 슬슬 불안해진다. 오늘도 역시 아무런 답을 듣지 못할까 봐. 그래서 묻고 말았다.

"그래서 누가 온다 씨 첫사랑이에요? 참을 만큼 참았어요. 이제 말해 줘요."

나는 그 애를 좋아하는 걸까?

온다 씨 첫사랑은 보니 씨였다. 20대 초반의 온다 씨와 보니 씨는 서로 사랑을 했다. 하지만 서로의 상대가 자기가 원하는 정체성을 가지고 있지 않다는 걸 아는 데 오래 걸리지 않은 듯했다. 그들의 연애가 짧았던 이유는 그뿐만이 아니었다. 그들은 어렸고 서툴렀다. 자신이 무엇을 원하는지조차 알지 못했다. 서로가 서로에게 반했지만 정작 그것이 다였다. 그들이 함께한 시간과 용기 속에서 다짐했던 감정은 여느 대사처럼 변했는지도 모르겠다. 구리다고 했지만 그것이 인간의 감정이었다. 내 짐작이지만 아마도 온다 씨는 여자인 보니 씨를 사랑했고 보니 씨는 남자로서 여자인 온다 씨를 사랑했을지도 모르겠다. 보니 씨와 온다 씨는 각자 다른 곳을 보고 있다는 걸 인정했다. 그렇게 그들은 헤어짐을 받아들였다.

"사랑은 왜 변하는 걸까?"

전날 파티로 모처럼 싱크대 밖으로 나온 그릇을 정리하면서 내가 물었다.

"호르몬의 유효기간이지. 짧으면 3개월, 길어야 3년이랬나?"

난다 씨다운 대답이었다.

"호르몬?"

내가 묻자 이번엔 온다 씨가 끼어들었다.

"사랑할 때 나오는 호르몬이 있지. 세로토닌이나 도파민 같은 것들. 연애가 한창일 때 나오는 호르몬이지. 가슴이 두근거리고 그 사람이 보고 싶고 얼굴이 화끈거리고 그런 증상이 나타나지만, 그 연애가 안정기에 접어들면 다른 호르몬이 나오게 돼."

"어떤 호르몬?"

"내 기억엔 옥시토신이나 바소프레신 같은 호르몬일 거야. 이 호르몬은 아기를 안고 있을 때 느껴지는 감정이랑 비슷해."

"애걔, 뭐야? 그럼 사랑이 아니고 호르몬이란 말이야? 고작 호르몬 때문에 울고불고하다니 인간이 그렇게 단순해?"

"그렇지. 우리는 지금 그런 화학물질 덕분에 비교적 평온하게 오늘을 살고 있는 거라고."

난다 씨가 마무리한 대답에 내가 대꾸했다.

"슬프다!"

온다 씨와 난다 씨가 마주보며 웃었다.

이렇게 단순한 물질에 누가 '사랑'이라는 달콤한 이름을 지어 준 걸까? 화학물질을 만들어 낸 것은 신일지도 모르겠지만 그의 작명 솜씨는 아닐 것이다. 결코 신은 인간을 다 알지 못하기 때문에 이런 이름을 지어 줄 수가 없다. 세상에는 남자와 여자가 있고 남자지만 여자로 살아야 하는 사람이 있고 여자지만 남자로 살아야 하는 인간도 있는데 신의 셈법은 단순했다. 전지전능하신 판단으로 남자의 갈비뼈로 툭 하고 여자를 만든 셈이다. 그리도 넌 여자로 넌 남자로 지정해 주면 그만이었다. 뒷감당은 순전히 사람 몫이었다. 이러니 신을 탓할 수밖에. 낙인과도 같은 이런 지정은 불가역적이고 불변처럼 작용한다. 그래서 이 사람들은 싸우고 있다. 자신들의 성을 자신들이 선택할 수 있는 권리를 달라고. 그리하여 그 성으로 인정받길 원한다. 왜냐하면 더불어 살아야 하니까. 다른 종족이 아닌 지극히 평범한 사람들로 살아가길 바란다. 섞여서 살아갈 수 있는 존재라는 걸 스스로 증명해야 하는 사람들이었다.

나 역시 증명해야 할 것이 있었다. 유진에게 더는 진지우를 좋아하지 않는다는 걸.

더는 그것에 대해서 말하고 싶지 않았는데 유진이 자꾸만 묻는다. 무엇을 확인하고 싶은 걸까? 가끔 유진은 나에 대해서 너무 많은 걸 알려고 한다.

가끔 교실에서 진지우와 눈이 마주쳤다. 때론 내가, 때론 진지우가 먼저 눈길을 피했다. 생각해 보라고 했지만 생각할 것도 없었다.

그리고 며칠이 지났다. 진지우 가방에 매달린 그것을 보았다. 까딸루 고양이 키링이 진지우 가방에서도 흔들렸다. 유진이하고 다니는 것과 같은 거였다. 목이 꺾인 그 빌어먹을 고양이 새끼가 눈에 들어온 순간 모든 것이 달라졌다. 나는 유진이와 진지우가 사귀고 있는 것은 아닌지 끊임없이 의심하게 되었다.

사람의 의심이 얼마나 간사한지 그 상상은 끝 간 데 없이 나래를 펼쳤다. 누가 먼저였을까? 유진이 먼저 좋아한다고 말한 걸까? 아니면 진지우가? 그래서 진지우가 더는 내게 묻지 않는 걸까? 그래서 유진이 묻고 또 물었던 것일까?

나는 이미 식어 버린 감정이라고 말했다. 그렇다면 그들이 무슨 관계이든 상관없어야 한다. 마음이 미세하게 떨리고 있었다. 유진이를 전과 같이 대할 수 없을까 봐 전전긍긍했다.

그런데 이럴 줄 모르고 며칠 전에 엄마들에게 수학 학원에 보내 달라고 했었다.

온다 씨가 눈을 동그랗게 뜨면서 물었다.

"그 많은 학원 중 수학?"

"응"

"대학 가려고?"

"나는 대찬성. 대학은 가야지."

난다 씨가 당장 학원비를 주겠다며 거들었다.

"아니, 아니. 조금 더 들어 보고."

"들어 보나 마나야. 수학이 궁금해졌어."

나는 대학에 안 갈 거라서 학원 따윈 필요 없다고 했다. 대학 갈 등록금을 고등학교 졸업과 동시에 내게 준다면 배낭여행을 할 참이었다. 그게 대학에서 공부하는 것보다 훨씬 더 재미난 일이라고 생각했다. 이런 내 결심을 온다 씨가 찬성했고 난다 씨는 보류 상태였다.

"수학이 왜 궁금해?"

"궁금해서 학원에 다니고 싶다니, 요즘 애들은 그렇게 부모를 설득하나?"

온다 씨와 난다 씨의 반응은 달랐지만 나를 이해하지 못하는 것은 같았다.

"수학 점수가 창피하단 말이야. 자존심도 상하고."

순전히 거짓말이었다. 온이다가 점수 때문에 학원에 갈 일은 앞으로도, 영원히 없을 테니까. 하지만 논리적으로 엄마들을 설득하려면 이보다 더 좋은 핑계는 없었다.

솔직히, 대학에 가고 안 가고를 떠나서 수학이 궁금한 게 사실이다. 수학을 전공한 온다 씨와 담임 때문이기도 하다.

"왜 하필 수학을 전공했어?"

언젠가 온다 씨에게 물었다. 도무지 어울리지 않는 조합이었다. 섬세한 온다 씨와는. 그런데 온다 씨의 대답은 의외였다.

"수학은 또 다른 언어야. 우주의 언어이고 유일하게 분명한 답이 있어서 좋아. 은유 같은 것으로 마음을 현혹하지 않아."

담임의 대답도 이거랑 비슷했다. 서툴고 어리숙한 담임이 수학을 가르칠 때만큼은 눈이 반짝였다. 무엇인가 신이 나는 일을 하는 것처럼 보였다.

"정말 멋지지 않니? 이렇게 풀리면서 1이라는 답이 나왔어. 이 식의 유일한 답이야. 이건 진실이고 참이지."

말로 마음을 흔드는 것이 못마땅한 나도 그 숫자를 믿고 싶었다. 유일한 참이나 진실을 찾기 힘든 세상이 아니던가. 다만 현혹되지 않기 위해서, 헷갈리지 않기 위해서 배우는 언어치고는 수학이 너무 어려운 게 문제라면 문제다. 그럼에도 한 번쯤은 수학을 진지하게 공부해 보고 싶었다.

어쨌든 나는 수학학원에 다니기 시작했고 유진이 가장 기뻐했다. 살뜰하게 자리를 미리 맡아 놓았고 숙제를 챙겨 주었으며 풀지 못한 문제를 풀이 과정과 예시 문제까지 보내 주었다. 그리고 그곳에서 또 다른 진지우를 보았다. 유진과 꽤 친한 진지우를.

유진과 나는 수업이 끝나자 학원으로 향했다.

"할 만해?"

유진이 물었다.

"모르겠어. 우선은 3개월만 참아 보기로."

"구민센터도 6개월 넘게 다녔는데 1년만 참아 보지?"

"거긴 내 늙은 친구들이 있잖아."

"그러니까. 이제는 영한 친구들이랑 좀 놀아 보라는 거야."

"알겠어. 다니는 데까지 다녀 보고."

"적어도 1년은 다녀야 그나마 진도를 따라갈까 말까거든?"

"진도를 따라가려는 건 아니지만 네 덕분에 재미는 있다."

"기본이 있으니까."

"기본은 없지만 좋은 스승이 있잖아."

"웬 스승?"

"흠, 좋은 친구라고 해 두자."

"어쨌든 좋네. 학교 수업 끝나고 허전했는데."

"정말?"

유진을 빤히 바라보았다.

내 반응이 의외인지 유진도 날 바라보았다.

"그럼 정말이지. 못 믿겠어?"

"아니, 진지우랑 꽤 친하길래. 나 없어도 심심하진 않겠던데?"

"오호라, 질투하는 거야?"

유진의 입꼬리가 잔뜩 올라갔다.

"웃기냐?"

"웃겨! 네가 질투를 다 하다니."

"질투 아니거든."

"질투거든."

"아니라니까!"

나도 모르게 목소리가 높았다.

유진이 걸음을 멈췄다.

"알았어, 알았어. 왜 화를 내고 그러냐? 알다시피 지우랑은 유치원 때부터 친구잖아. 같은 아파트에서 계속 같이 살았고."

"그래, 그놈의 불알친구."

"또 그 소리!"

유진이 주위를 둘러보았다. 유진은 '불알'이라는 단어가 나올 때마다 경기를 일으킨다. 비속어도 아니고 엄연히 사전에도 나오는 단어인데.

"그냥 관용구야. 진정하라고, 친구."

아무리 우스갯소리로 덮으려 해도 내 반응이 과했다. 나는 무엇이 두려운 걸까? 무엇을 들키고 싶지 않은 걸까? 아니, 유진이에게 무엇을 증명하고 싶은 건지 도무지 모르겠다.

"자고로 이럴 땐 먹는 게 최고지. 편의점 콜?"

"당연 콜이지!"

우리는 자연스럽게 편의점에 들렀다. 나는 삼각 김밥을 유진은 샐러드 도시락을 선택했다. 유진은 비건에 도전 중이다. 아직은 우유와 달걀까지는 먹는 락토 오보 베지테리언에 가깝지만 궁극적으로 유진이 가고자 하는 건 비건이다. 왜 그런 어려운 선택을 했냐면《육식의 종말》이라는 책 때문이라나? 책 한번 잘못 빌려주고 어려운 친구가 되었다. 과연 얼마나 갈지 모르겠지만, 얼추 한 달이 되어 간다. 그녀의 건승을 빌어 주고 싶지만 불편한 게 한둘이 아니다. 당장 점심 급식으로 유진이 싸 오는 도시락만 해도 눈물 없이 볼 수가 없기 때문이다. 풀떼기를 먹으며 내 급식을 보면서 울려고 한다.

편의점 간식 타임 때문에 수업 시작 직전에 학원에 도착했다. 불행하게도 나란히 빈 자리가 없었다. 유진이 잽싸게 서라 옆자리에 앉았다. 나는 어쩔 수 없이 하나 남은 빈자리에 앉아야만 했다. 하필 진지우 옆자리였다.

"늦었네."

진지우가 중얼거리듯 말했다.

"응."

나는 문제집을 꺼내면서 앞에 앉은 유진을 바라보았다. 유진이 뒤돌아 우리를 보다가 나와 눈이 마주쳤다. 그러자 유진이 씩 웃었다.

'괘씸한 녀석!'

속으로 중얼거리며 눈을 흘겼다.

"숙제는 다 했고?"

"무슨 숙제?"

나도 모르게 고개를 돌렸다. 웬만하면 진지우와 눈을 맞추고 싶지 않았는데.

"너 어제 틀린 거 다시 풀어 오라고 했잖아. 안 했어?"

나도 못 들은 걸 이 녀석이 듣고 기억했다.

"그랬어? 어쩌지? 안 하면 혼나냐? 학교처럼 벌점 같은 거 있어?"

"그런 건 없는데 숙제가 배로 늘어."

"배로? 또 안 해 오면?"

"두 배로 늘지. 수학이잖아."

"흠, 그래?"

진지우가 짧게 웃은 것 같았다. 이 녀석 지금 날 놀리는 게 재밌는 모양이다. 유진이 녀석도 이 녀석도 오늘은 날을 잘 잡은 것이다. 재밌기에 딱 좋은 날이다.

그 덕분에 숙제가 배로 늘었다. 진지충 진지우는 정말이지 친절하게 풀이 과정도 보여 주고 내가 이해 못 한 부분이나 기초 과정을 인내심 있게 설명해 주었다. 마치 여자 친구에게 하듯이. 그러느라 유진과 수다 떨 시간이 없었다. 어찌나 진지한지 나 역시 진지하게 그 애의 설명을 들어야 했다.

두 시간 수업이 금세 끝났다. 살짝 아쉽기까지 하다니 내 머리가 어떻게 된 모양이다.

나는 그 애를 좋아하는 걸까?

"우리 떡볶이 먹고 갈래?"

진지우가 가방을 챙기면서 물었다. 조금은 출출했다. 삼각 김밥 하나로 속이 찰 위 크기가 아니다. 나는 유진부터 찾았다. 유진과 함께라면 같이 가고 싶었다.

"유진아, 떡볶이 콜?"

"응! 서라 너도 갈래?"

유진이 바로 옆에 있는 서라에게 물었다.

"난 바로 영어 학원 가야 해. 먼저 간다!"

서라는 서둘러 교실을 빠져나갔다.

우리는 다음 학원 수업이 없어서 서둘러 나가지 않아도 되지만 서라는 다른 학원 차를 타야 하기 때문이다. 오늘은 영어 학원이고 내일은 논술 학원이 기다리고 있다. 그놈의 학원 때문에 서라는 학교 수업이 끝나도 계속 학교에 있는 거랑 다르지 않다.

아이들이 다 빠져나가고 1층으로 내려왔다. 난다 씨가 수업이 끝날 시간에 맞춰 기다리고 있었다.

"이거 가지고 가."

꽤 묵직한 과일 봉지를 들고 있었다. 왕창 세일이라도 한 모양이었다.

"떡볶이 먹으러 가는데 귀찮아."

"제가 들고 갈게요."

진지우가 냅다 과일 봉지를 잡았다.

"아니, 아니야. 내가 퇴근하면서 가지고 갈게."

"아니에요. 어차피 가는 길인걸요."

"아, 그럴래? 퇴근하면서 세탁소에도 들러야 해서 손이 부족할까 봐. 우리 이다보다 열 배는 다정하네."

난다 씨가 진지우를 엄청 칭찬하고는 마트 안으로 들어갔다.

"이모님이 엄청 예쁘시다."

난다 씨 뒷모습을 보면서 진지우가 말했다. 유진과 내 눈이 마주쳤다. '이모'라는 이름만으로도 나를 긴장하게 만든다.

떡볶이집에 도착한 우리는 가방을 선반 위에 나란히 세웠다. 작은 분식집이라 테이블 옆으로 길게 가방 놓는 선반이 따로 있었다.

잠시 후 떡볶이와 어묵, 튀김이 나오고 우리는 밥 구경 못 한 애들처럼 먹기 시작했다. 유진은 떡과 계란만 먹는 게 억울했는지 자기 몫을 깎아 달라고 했다. 그러자 진지우가 자기가 사는 거라며 양껏 먹으란다? 물론 신이 난 건 나다. 먹는 거라면 그 속도와 양에서 절대로 지지 않을 자신이 있다.

급하게 먹다 보니 항상 다른 사람들의 먹는 속도를 신경 써야 한다. 아무 생각 없이 먹다 보면 내가 너무 많이 먹기 때문이다. 그래서 일부러 중간에 잠시 쉬었다 먹기도 하는데 조절이 쉽지는 않다. 그래서 눈을 돌린 곳이 가방이었다. 나란히 세워 둔 유진과 진지우의 가방에 매달린 까딸루 고양이 키링 말이다.

"그런데 요즘 이게 유행이냐?"

내가 까딸루 고양이 키링을 보면서 물었다. 떡볶이를 먹던 유진과 진지우가 동시에 내 시선을 따라갔다.

"아, 까딸루… 지우가 자기도 가지고 싶다고 해서."

"고양이가 웃기게 생겼잖아."

진지우가 별일 아니라는 듯이 말하고는 나머지 떡볶이를 해치웠다.

"커플 같다."

나는 휴지 한 장을 뽑아 입을 닦았다.

"커플?"

진지우가 깜짝 놀라며 고개를 들었다.

"그런 거 아니거든!"

"아이고, 나도 아니거든요!"

그러자 유진이 맞장구를 쳤다.

"둘 다 그만해라. 그냥 보기에 그렇다고."

"그런 거야?"

진지우가 정색을 했다.

"가자."

자리에서 내가 먼저 일어섰다. 그러자 서둘러 진지우도 따라 일어서며 같은 질문을 했다.

"진짜 커플 같아? 와, 이러면 안 되는데!"

진지우의 과한 반응이 왠지 싫었다. 이런 내 감정이 못나 보였다.

서둘러 가게에서 나오자 계산을 마친 진지우가 나오고 유진이 뒤따라 나왔다. 우리는 어색하지만 어색하지 않은 척하면서 걷기 시작했다. 내가 할 수학 숙제에 대해서 말했다. 말은 끊이지 않고 이어졌다. 그러다 우리 아파트 앞에 도착했다. 정말이지 그 길이 길었다.

"들어갈게. 내일 봐."

"잠깐!"

진지우가 소리쳤다.

"과일 놓고 왔다!"

"어, 그러네."

유진이 거들었다.

"잠깐 기다려. 내가 얼른 가져올게. 이 가방 좀 가지고 있어."

진지우가 냅다 자기 가방을 내게 던져 주고는 분식집을 향해 뛰기 시작했다.

"야, 천천히 가도 돼!"

내 소리가 안 들리는지 빨리도 뛰어갔다.

"이다야, 넌 기다려. 난 가야 해."

"왜? 같이 기다리지. 금방 올 텐데."

"나 쇼미더머니머니 봐야 해."

요즘 뜨는 힙합 경연 대회다. 시간을 보니 할 시간이었다.

"다시 보기 있잖아."

혼자 진지우를 기다리기가 싫었다.

"본방 사수 몰라? 게다가 오늘은 전화로 투표해야 한단 말이야. 그래야 본선에 올라가."

"너 아니어도 될 놈이 올라가거든."

"아니야. 내가 투표해야 올라가. 예선도 그래서 통과했단 말이야."

어쩔 수가 없었다. 유진이 이렇게까지 얘기하는데 더는 가지 말라고 할 수가 없었다.

유진이 가고 얼마 지나지 않아. 진지우가 과일 봉지를 들고 돌아왔다. 얼굴이 빨갛게 상기되어 있었다.

"고맙다. 괜히 귀찮게 했네. 다음에 내가 살게."

"다음에? 다음 언제?"

그러자 대뜸 물었다. 그냥 인사치레 같은 말이었는데 진지하게 덤비니까 날짜를 당장 잡아야 할 것 같았다.

"언제가 좋은데?"

"이번 주말은 시골 할머니네 가야 하니까 안 되고 다음 주말 어때?"

"주중 아무 때나 가면 되잖아? 떡볶이 먹으러 가는 데 좀 거창하지 않냐?"

"떡볶이라고 말한 적 없는데?"

"아, 그럼 뭐?"

"그러니까 다음 주까지 얘기할게."

"유진이랑 상의도 해야 하니까 빨리 말해 줘라."

"유진이는 왜? 과일은 내가 찾아왔는데?"

아, 진지우는 정말 피곤한 녀석이었다. 뭔가 하나를 정하려면 늘 이런 식이다. 모둠 수업 때도 이랬고, 현장 학습 가서도 다른 조보다 진지우가 있는 팀이 늘 늦거나 골치 아팠다. 하지만 이번에는 결코 그럴 수 없었다. 그래서 나도 따져 보기로 했다.

"과일은 네가 놓고 왔잖아!"

"그랬지. 그 과일은 너희 집 거고."

"그, 그렇지. 우리 집 거지."

"사기 싫은 거야?"

쪼잔하게 보일까 봐 쿨하게 대답했다.

"아냐, 살게."

내가 졌다. 정말 이 진지함을 누가 이길 수 있단 말인가. 그러자 진지우가 마무리까지 시원하게 하신다.

"그래서 유진이는?"

"유진이? 부르지 말라고?"

"응."

"알았다!"

나도 모르게 한숨이 나왔다.

진지우가 과일 봉지를 주고는 내 어깨에 매달린 자기 가방을 찾아 들었다.

"갈게!"

전략인지 핑계인지 잘 모르겠지만 녀석이 원하는 대로 되었다. 치밀한 녀석이 뒤도 돌아보지 않고 걸었다. 까딸루 고양이 키링을 흔들면서.

녀석의 마음을 도무지 모르겠다. 천연덕스럽게 고양이 키링 따위는 아무것도 아니라는 듯이 말하고 그날 이후 생각해 봤냐고 더는 묻지도 않으면서 유진이와는 다정하게 다니는 이 녀석을 어떻게 해야 할지, 아니, 내가 어떻게 대해야 할지 헷갈렸다. 왜 단둘이 만나야 하는지 모르겠지만 단둘이 만나지 말아야 할 이유도 없었다. 그래서 나 자신한테 묻고 싶다. 나는 그 애를 좋아하는 걸까? 키링 따위에 신경이 쓰일 정도로?

신이 심심하지 않았더라면

보니 씨 전화번호를 따는 건 생각보다 어려웠다. 나는 쉽게 생각했는데 웬일인지 보니 씨가 꺼리는 것처럼 느껴졌다. 물론 이건 내 느낌이다. 결국은 전화번호를 주었으니까.

"보니 씨를 만나겠다고?"

유진이 화들짝 놀라며 물었다.

"응."

"누가 엄마 아빠인지 그게 그렇게 중요해?"

"중요해."

"왜?"

"…."

유진이 말에 바로 대답하지 못했다. 왜일까? 왜 난 솔직하게 말하지 못하는 걸까?

"그래, 당연히 친부모가 누구인지 알고 싶겠지. 나 같아도 그럴 것 같아. 근데 솔직히 좀 무섭지 않냐?"

"뭐가?"

"차라리 더럽게 가난해서 버렸거나, 미혼모 그런 거 있잖아, 그래서 버렸다고 해도 다 이해할 수 있을 것 같은데, 더 최악도 있잖아?"

"최악? 하긴, 범죄자의 자식일 수도 있지. 그런데 그런 이유로 친모가 궁금한 게 아니야."

"그럼?"

"이런 얘기가 온다 씨나 난다 씨한테 배신이지만 아직도 난 그들이 내 부모 같지가 않은가 봐."

"어, 어….'

유진도 내 말에 어이가 없는지 달리 대꾸할 말을 찾지 못했다.

우리나라 말에 '배은망덕'이라는 말이 있다. 쉽게는 검은 머리 짐승은 거두는 게 아니라는 말이 있고.

어쩌면 나 같은 놈을 두고 하는 말인지도 모르겠다. 그들은 날 자식처럼 키우지만 난 은혜도 모르는 짐승일 수도 있겠다. 차라리 새엄마, 새아빠였다면 달랐을까? 그들이 레즈비언 부부라 더 헤매고 있는 걸까? 그래서 알고 싶다. 내 친모를 만난다면 지금 이런 내 감정을 확실하게 알 수 있을 것 같았다. 과연 그 불명의 여자가 내 엄마인지 온다 씨와 난다 씨가 내 엄마인지 말이다.

"넌 이미 알고 있어서 그렇게 묻는 거야. 태어날 때부터 알았잖아. 엄마는 이 사람이고 아빠는 이 사람이라는 거. 당연해서 당연하다고 생각하는 거라고."

"그러니까. 당연해서 아는데 당연하지 않을 수도 있잖아."

"뭐?"

"당연하지 않지만 넌 온다 엄마랑 난다 엄마의 진짜 자식 같거든. 남자와 여자, 여자와 여자라는 걸 빼고 단순히 생각해 봐. 내가 누군가의 친자식이 아니라면 난 영원히 알고 싶지 않을 것 같아. 매트릭스의 파란 약을 기꺼이 먹겠다는 소리야. 진실 따윈 중요하지 않아. 지금 내가 엄마 아빠의 혹은 엄마 엄마의 자식으로 살아가는 이 가상의 세계가 내겐 더 현실이라는 거지. 그런데도 넌 빨간 약을 먹을 거야? 엄마 아빠가 아닌 엄마 엄마라서? 빨강은 불온해. 항상 시험에 들게 하지."

"시험까지 쳐야 해?"

"그럴 수도."

"흠, 그래도 알고 싶어."

"그래? 그럼 가자!"

내 가정사를 유일하게 알고 있는 유진이 지금처럼 위로가 되긴 처음이다.

내가 유진에게 비밀을 털어놓았던 날은 재수가 없었다. 가끔 심심하면 유진이를 학원까지 바래다주곤 했는데 저만치 아는 얼굴이 다가왔다. 난다 씨가 일하는 코너 옆의 생선 코너 이모였다.

"안녕하세요."

"엄마 오늘 쉬지? 이따 마트로 나오라고 해. 세일한 생선이 있어서 따로 챙겼으니까."

"아, 네…."

"많이 컸네. 요즘은 도통 안 놀러 오네. 하긴 머리 크면 엄마 따라다니는 것도 귀찮아지지."

생선 코너 이모가 사라지자 유진이 물었다.

"엄마? 엄마가 있어? 이모들이랑 같이 산다고 안 했어? 고아라면서? 입양됐다면서?"

나는 이모들이라고 하고 난다 씨와 온다 씨는 '우리 딸'이라고 부르니 이런 사달이 나고 말았다. 호칭을 거국적으로 통일해야지 싶었다.

유진을 한참 바라보았다. 내적 갈등이 엄청났다. 여기서 고해하듯 말해야 할지 말지.

"질문은 한 번에 하나씩 하자. 천천히 다 말해 줄 테니까."

그렇게 본의 아니게 비밀을 털어놓았지만, 유진이 내 사정을 알게 되었다는 사실만으로도 엄청나게 불안했다. 엄마가 둘이라는 걸, 그 둘이 레즈비언이라는 걸, 내가 고아라는 걸 들키고

싫지 않았다. 들키기 싫은 비밀을 왜 누군가에게는 털어놓아야 하는 걸까? 금기는 깨라고 있는 것처럼 들키면 안 되는 것들은 종종 들켜 버려 역사를 바꾸곤 한다. 엄마들의 비밀이 역사까지 아니어도 내게 역사만큼 긴긴 이야기가 되었다. 나의 역사는 엄마들을 만나면서 시작되었으니까.

비밀을 털어놓는다는 건 생각보다 가벼운 일이었다. 정작 무거운 것은 따로 있었다. 비밀을 지켜 내는 것. 사람들이 실수하는 것은 반대로 생각하기 때문이다. 비밀을 공유했다는 것만으로도 엄청난 일이라고 생각한다. 내가 그에게, 그가 내게 특별한 관계가 되었다고 착각한다. 하지만 비밀은 매우 사소한 관계에서도 공유될 수 있다. 왜냐하면 비밀은 깃털처럼 가볍게 출발하기 때문이다. 내 고백이 가벼웠던 것처럼.

그사이 유진에게 믿음이 생겼다. 연대감도 생겼고 신뢰 비슷한 것도 있었다. 그러니까 나의 비밀은 아직 안전했다.

우리는 서둘러 보니 씨와 만나기로 한 장소로 향했다.

혜화동 골목의 한 카페에는 생각보다 사람들이 많았다. 골목 안이라고 조용한 게 아니었다.

"찾기 어렵지 않았어?"

보니 씨가 동굴 목소리로 물었다.

"와, 잘생기셨어요. 너 왜 잘생겼다고 미리 말하지 않았어? 이거 배신감 느낀다."

유진이 야단을 떨며 보니 씨와 나를 번갈아 보았다.

"뭐라는 거야?"

"거의 아이돌급이세요. 흐하하하"

"진정해라."

"고마워. 나도 좀 생겼다고 생각은 했는데 이렇게 환대받다니 좀 더 자신감을 가져야겠어."

"그러셔도 충분해요. 그런데 진짜 마흔이 넘었어요? 아무리 봐도 20대 후반? 많이 쳐 줘도 30대인데?"

"이쯤 하자!"

녀석의 수다가 길어질 것 같았다.

"그래, 우리 외모 품평은 날 잡아서 따로 할까?"

"아하, 그, 그러세요. 제가 잘생긴 사람한테 약해서."

"이다가 연락을 해서 조금 놀랐는데 이렇게 유쾌한 친구를 데리고 와서 더 놀랐네."

"유쾌한 친구라… 그거 제가 조연이란 얘기죠? 뭐, 오늘은 조연에 충실할 거라 기분 나쁘진 않네요."

"그런 의미는 아니었어. 갑자기 연락이 와서 조금 당황했을 뿐이야. 그런데 무슨 일일까?"

"…"

보니 씨가 날 바라보았다. 뭘 원하느냐는 표정이었다. 바로 대꾸하지 못하고 머뭇거린 것은 나였다.

"엄마가 궁금하대요. 애가 아직 덜 커서 출생의 비밀을 알고 싶대요. 그냥 속 시원하게 말해 주시면 안 돼요?"

유진이 시원하게 나를 거들었다.

"음… 어려운 문제를 들고 왔구나. 더구나 내게. 하필 내게…."

"보니 씨라면 말해 줄 것 같았대요."

"당연히 온다는 모를 테고?"

"당연히 모르죠. 이다 엄마한테 허락받아야 하나요?"

"아무래도."

여기까지 나는 한마디도 하지 못했다. 순전히 유진이 덕분이 었다. 다행이라고 할까? 유진이한테 이런 역할을 기대한 건 아니었다. 그냥 옆에만 있어도 용기를 낼 수 있을 것 같았다. 그래도 직접 해야 하는 질문이 있었다.

"제 엄마가 누구예요?"

"그건 말할 수 없어. 더구나 나는, 절대로, 말하지 못해."

그가 얼마나 주저하는지 말투에서 표가 났다.

"알고는 있네요."

"…."

"알려 줘요. 제발…."

보니 씨가 고개를 떨궜다.

주문한 음료가 나오고 계속되는 침묵에 자리가 점점 불편해 졌다. 듣고자 하는 이야기가 따로 있으니 다른 말은 다 쓸데없는 말이 되었다. 대화는 잘 이어지지 않았다.

보니 씨가 물었다.

"엄마를 찾는 게 중요하니? 이미 온다와 난다는 너무 좋은 엄마던데. 내가 잘못 알고 있는 거야?"

"좋은 엄마죠. 보셨잖아요. 그런데 생물학적인 엄마를 알고 싶은 건 그거랑 상관없어요. 이건 본능 같은 거라고요. 제 지도를 찾아야 하니까요."

"지도?"

"네. 제가 어디서부터 출발했는지 알아야 어디로 갈지 정할 수 있으니까요."

"네가 몰랐으면 하는 사정이 있을 거라고 생각하지 않니?"

"그런 사정은 내 알 바 아니에요. 다들 아는 눈친데 정작 나는 모르잖아요. 내가 당사자인데."

보니 씨가 한참을 망설였다.

"잠시 생각할 시간을 줘."

"지금 생각하세요. 오늘이 지나면 안 돼요. 여기서 일어나 밖에 나가서 생각해도 안 돼요. 지금 제 앞에서 생각하세요. 전 기다릴 수 있어요."

"훗! 어쩔 수 없구나…."

보니 씨가 고개를 들었다. 그러고는 내 눈을 똑바로 보는데 그의 눈이 심하게 흔들리고 있었다. 그가 잡은 찻잔이 미세하게 떨렸다.

"나야…."

"헉!"

유진이 외마디 비명처럼 숨을 들이쉬고는 자기 입을 틀어막
았다.

나도 그대로 얼어붙고 말았다. 하지만 냉정하게 생가해 보니
이건 아니었다.

"농담하지 마세요."

"농담 아니야. 생물학적으로 널 낳았으니까. 그걸 묻는다면
생물학적 엄마는 나야."

굵은 저음의 목소리로 그녀는 아니, 그는 자기가 엄마라고
말했다. 남자의 목소리로 날 낳았다고 말했다. 그러니까 그녀가,
아니, 이 남자가 날 만든 것이다.

"온다가 날 죽이겠네…. 이번에는 몇 년이나 걸릴까? 쉽지 않
겠어."

보니 씨가 한숨을 깊게 내쉬었다. 농담이 아니었다. 그가 나
의 생물학적 엄마가 맞았다. 그녀가 여자였던 오래된 과거에 날
낳은 것이다.

"왜 날 버렸어요?"

당연히 물어야 했다.

"남자가 되기 위해서?"

"…."

"남자여도 날 책임질 수 있었잖아요? 아이에 대한 책임감 같은 건 없었어요? 눈곱만큼도?"

"널, 널 보는 게 힘들었어. 나는 어렸고 나는 내가 남자라고 확신했으니까…."

보니 씨가 고개를 숙였다. 지금도 날 보는 게 힘들다는 듯이.

더 들을 필요가 없었다. 나는 자리를 박차고 밖으로 나와 버렸다. 그 앞에서 숨이 잘 쉬어지지 않았다.

날 보는 게 힘이 들 만큼 내가 미웠던 것이다. 어떻게 하면 자기가 낳은 아이가 보기 싫을까?

이유는 하나다. 난 저주받은 아이다. 재앙이고 불행이고 세상의 모든 미움이다. 그러니까 죽어 마땅한 아이다.

"이다야…."

유진의 목소리가 따라왔다. 정작 기다린 목소리는 따로 있었는데.

그는 마지막까지 비겁했다. 나를 그렇게 보내다니. 그는 나를 두 번 버린 것이다.

망할 새끼!

전철역으로 향하는 데 유진이 바짝 따라붙었다.

"뭔가 사정이 있겠지. 그렇게 나쁜 사람은 아닌 것 같아."

"나쁜 사람이야."

"피치 못 할 사정이라는 것도 있잖아."

"애를 버리는 데 무슨 사정이 있겠냐? 그만 말하자."

"…."

유진이 입을 다물어 주니까 비로소 마음이 가라앉았다. 아니, 가라앉은 것처럼 보이려고 애썼다. 효과는 있었다.

정말이지 지랄 맞은 세상이다.

왜 신은 이런 존재를 만들어 냈을까? 너무 심심한 나머지 나 같은 존재를 만들어 내서 어떻게 사는지 구경하고 싶었던 걸까?

우리는 전철역에서 30분 가까이 의자에 앉아 있었다. 몇 대의 전철이 지나쳐 갔다. 무수히 많은 사람이 내리고 타기를 반복했다. 단 한 명도 같은 사람은 없다. 같은 사연이 없듯이. 저마다의 지도를 가지고 목적지가 분명한 삶을 살 것이다. 그런데 나는 잘못된 지도를 가지고 태어났다. 이제 어디로 가야 하는지 모르겠다.

유진이 묵묵하게 내 옆을 지켰다. 얼른 가자는 소리도, 괜찮냐는 소리도 하지 않았다. 한참을 기다려 준 유진에게 미안해서 자리에서 일어났다. 유진과 나는 집에 오는 내내 한마디도 하지 않았다.

"들어가. 오늘은 아무것도 생각하지 말고."

유진이 아파트 앞까지 데려다주었다. 그러고도 모자랐는지 내가 공동 현관 안으로 들어가는 걸 지켜보고 있었다.

집에 오자 묘한 기운이 느껴졌다. 온다 씨도 난다 씨도 알고 있는 눈치였다.

"밥 먹을래?"

꽤 늦은 시간이었는데 다정한 척 난다 씨가 물었다.

"왜 이렇게 늦게 왔어. 걱정했잖아. 전화는 왜 안 받고?"

온다 씨가 한꺼번에 물었다. 오는 내내 온다 씨에게 전화가 여러 번 왔다. 급기야 유진에게 문자가 왔고 유진이 답장을 보내 자 비로소 핸드폰이 조용해졌다. 온다 씨가 유진이한테 전화를 한 것이었다.

전화를 안 받으면 온순한 온다 씨도 불같이 화를 내곤 했는 데 오늘은 예외였다. 날이 날이니만큼 그녀도 나도 난다 씨도 조심스러웠다.

내 방에 앉아 있는데 난다 씨 목소리가 들렸다.

"정신 나간 거 아니야? 그걸 왜 말하는데?"

"…."

온다 씨가 뭐라 대꾸했나? 모르겠다. 방에서는 그녀의 목소리가 들리지 않았다.

"고작 열여섯이라고. 애가 받을 충격 따윈 생각 안 하는 거야? 그때나 지금이나 걔는 하나도 변하지 않았어. 이기적인 인간 같으니라고. 그러게 왜 초대를 해서 이 사달을 만든 거냐고! 아직 때가 아니라고 몇 번이나 말했어? 어떻게 할 거야? 응?"

"그만해."

온다 씨 목소리였다.

"뭘 그만해? 여전히 보니가 이해되는 거야? 그렇게 당하고도 넌 그 애를 믿는 거냐고? 난 처음부터 보니가 마음에 들지 않았어. 책임감이라고는 눈곱만큼도 없는 새끼야. 저만 생각하지. 그러니까 우리 이다한테 이런 수 있는 거라고. 우리 이디만 불쌍하지. 아, 어떻게 할 거야!"

더는 들을 수 없었다. 내내 참아 왔던 감정이 목젖까지 올라왔다. 꾹꾹 눌러 왔던 화가, 분노가 들끓었다. 여태까지 잘도 숨겨 왔던 화가 본색을 드러냈다. 나는 문을 박차고 거실로 나갔다.

"나 안 불쌍해. 그러니까 그만해!"

소리를 지르자 둘 다 나를 바라보았다. 악을 쓰듯 외쳤다.

"나 어린애 아니거든. 괜찮진 않지만 그렇다고 죽을 만큼은 아니야."

"그러게 거길 왜 찾아가?"

난다 씨가 득달같이 달려들었다.

"왜 미리 말하지 않았어? 그 게이 새끼가 내 엄마라고 왜 말하지 않았냐고!"

"이다야!"

온다 씨가 끼어들었다.

"정말이지, 끔찍해. 당신들은 다 똑같아. 그놈의 정체성이 뭐라고 아이를 버려? 그게 그렇게 대단해? 다 죽어 버려!"

그대로 문을 열고 밖으로 나왔다. 온다 씨 목소리가 따라왔지만 현관문과 함께 묻혔다.

엘리베이터가 아닌 계단으로 뛰어 내려왔다.

우다닥!

공명처럼 소리가 울렸다. 가슴도 그 소리와 함께 울렸다.

빌어먹을! 빌어먹을!

염치없는 눈물이 자꾸만 흐르고 있다.

빌어먹을! 빌어먹을!

형편없는 놈이다. 나는.

배은망덕하고 은혜라고는 쥐뿔도 모르는.

그래, 이제야 내가 왜 버려졌는지 알았다. 나는 버림받아 마땅한 아이다!

고작 온이다는 이것밖에 안 되는 아이다. 고작 온이다는 신이 심심한 나머지 만든 애다. 그러니까 신이 심심하지 않았다면 이런 아이는 만들지 않았을 거다. 태어나지 않았다면 온다 씨도 난다 씨도 이런 말을 들을 필요가 없었을 거다. 누가 이런 아이를 키우고 싶겠나? 이런 아이가 행복하다면 그게 잘못된 일이다.

이건 순전히 신의 장난이다.

웨어아유프롬반

수학 학원 대신 전철역 근처에 있는 치과에 갔다. 그 후 자꾸
만 잇몸이 부었다. 아릿한 통증을 며칠 두었더니 잇몸이 장난 아
니게 부풀었다.

"아니, 치실을 어떻게 썼길래 상처를 이렇게 내요?"

의사가 나를 꾸짖었다.

치실을 쓰면서 어떤 생각을 했더라? 분명 제정신은 아니었
다. 계속 한 가지만 생각했으니까. 그 상태로 치실을 과하게 쓴
게 이 모양 이 꼴을 만든 것이다. 잇몸이 붓는데 하나도 아프지
않았다. 밤마다 아픈 잇몸을 혀로 눌러 그 통증을 더 가까이 느
끼곤 했다. 사용한 치실에 피가 묻어 나왔다.

난다 씨와 온다 씨가 며칠 동안 안질부절못했다.

온다 씨는 계속해서 대화하길 원했고 난다 씨는 수학 학원이 끝나는 시간이면 학원 앞에서 날 기다렸다. 딱히 할 말이 있어서 그런 건 아니었다. 그렇게라도 내 얼굴을 봐야 안심이 되는 모양이었다.

나는 요 며칠 아주 조용하게 지냈다. 학교에서도 학원에서도 집에서도. 말하고 싶지 않아서가 아니라 말이 나오지 않았다. 그러자 진지우가 무슨 일 있느냐고 물었다. 유진이 그런 진지우에게 뭐라고 했는지 더는 나를 귀찮게 하지 않았다.

잘 먹지 못해서 살이 좀 빠졌다. 순전히 잇몸 때문이다. 살 빠진 건 좋은데 얼굴이 폭삭 삭아 버렸다. 치과를 나와서 엘리베이터를 기다리는데 문에 비친 얼굴이 꼴도 보기 싫었다. 위에 달린 층수를 알리는 숫자를 바라보았다.

엘리베이터에 타니 바로 아래층 헌혈의 집 간판이 눈에 들어왔다. 나도 모르게 그 층수를 누른 다음 엘리베이터에서 내렸다.

조그만 현관과 함께 병원에서 나는 냄새가 났다.

헌혈을 해 본 적이 없다. 그런데 이런 피라도 괜찮을까? 유전자와 피가 무슨 상관이냐고 하겠지만 상관이 있다. 내 더러운 핏속에 그 남자의 피가 흐르고 있다. 온이다는 그놈으로부터 태어났다.

상관없다. 세상이 뭣 같은데 이 피가 대수겠나? 나는 손에 힘을 꽉 쥐고 문을 열어젖혔다.

나는 문진실에서 문진표를 작성하고 피검사를 했다. 과정은 매우 단순하고 빨랐다. 어찌나 건강한지 혈장까지 전혈을 뽑았다. 뭔 말인지 모르겠지만 가능한 건 다 해 달라고 부탁했다. 피를 뽑는 데 걸린 시간은 고작 5분이었다. 5분 동안 모아 놓은 내 피를 간이침대에 누워 바라보았다. 할 수만 있다면 내 몸속의 모든 피를 갈아 버리고 싶었다.

헌혈이 끝나자 문화 상품권과 초코파이 플러스 바나나 우유 중 하나를 선택할 수 있다고 했다. 고전적으로 난 후자를 선택했다. 그러고는 바로 치과에서 처방해 준 약을 먹었다. 진통제 덕분인지 집에 도착할 때쯤 배가 고팠다. 엄청난 허기가 찾아왔다.

막상 아파트 앞까지 오자 집에 들어가기가 싫었다. 아무도 없는 집, 내가 망쳐 버린 평온했던 공간이다. 어디든 다른 곳으로 가고 싶었는데 딱히 갈 곳이 없었다. 그렇게나 많은 공간이 순식간에 사라진 느낌이었다.

나는 오랜만에 늙은 친구들이 있는 구민센터로 향했다. 영어 회화반 앞에 있는 의자에 털썩 앉았다. 여기까지 오는데 온 힘을 쏟은 것처럼 힘이 들었다.

"Where are you from?"

누군가 능숙하게 영어로 말하자, 늙은 친구들이 따라서 '웨어 아 유 프롬?'이라고 외쳤다. 정작 나한테 묻고 싶은 말이다. 넌 어디서 왔니? 네가 태어난 곳은 어디야? 넌 누구로부터 태어나 이상한 별에서 그녀들의 딸로 사느냐고 묻고 싶었다. 저 늙은 친구들도 어디서 왔는지 모르는 모양이다. 그리도 오래 살았는데.

무심하게 그 소리를 듣고 있는데 마음이 점점 가라앉았다. 목소리조차 늙어 버려서 높낮이도 소리도 낡았지만 외침만큼은 경쾌했다.

수업 소리가 무슨 음악처럼 내 귓가에 스쳤다. 깜박 잠이 들었나, 눈을 떴을 때 우르르 노인들이 밖으로 나오고 있었다. 그새 늙은 학생들이 많이 바뀌어서 모르는 분들이 많았다.

"할매 찾으러 왔구먼? 기특허게."

모르는 할머니가 나를 보며 말했다.

"누구 찾으러 왔어? 박 여사?"

그러자 또 모르는 할아버지가 물었다.

"박 여사는 아니구먼. 박 여사는 손자밖에 없다고 안 했남?"

"그려, 그러고 보니께 안 닮았어."

그때였다.

"어이고, 내 친구가 왔구먼!"

허 할아버지였다. 성이 허 씨라 다른 분들이 허뻥이라고 부르는 데 언젠가는 꼭 세계 여행을 가고 싶어서 웨어아유프롬반을 1년 넘게 다니고 계시다. 우리는 기초반을 그렇게 불렀다.

"워쩐 일이여?"

허 할아버지가 내게 물었다.

"그냥 왔어요."

"대학 가려고 학원에 다닌다더니 어째 재미나진 않는 모양이구먼. 하기사 공부가 뭐시 재밌겠어."

허 할아버지가 따라오라는 손짓을 하며 복도를 걸었다. 아무 생각 없이 허 할아버지를 따라갔다.

"공부하느라 얼굴이 많이 상했구먼."

"…."

"그래도 공부란 게 할 때 해야지. 그럼, 다 때가 있응께."

"…."

그렇게 몇 마디가 오고 갔다. 아니, 몇 마디 하시다가 갑자기 걸음을 멈추더니 내게 호통을 쳤다.

"아니, 늙은이 혼자 이렇게 떠들게 할 참인가?"

그제야 내가 아무 대꾸도 없이 걸었다는 걸 알았다.

"아, 죄송해요…."

"죄송혀? 진짜 죄송하면 아아 한 잔 사든가?"

허 할아버지가 잔기침을 한 번 했다. 쑥스럽거나 아이스 아메리카노를 사 달라고 할 때 하는 버릇이었다. 예전에도 가끔 아이스 아메리카노를 사달라고 한 적이 있었는데 조금도 변하지 않았다.

우리는 진짜 할아버지, 손녀처럼 구민센터 1층에 있는 카페로 갔다.

할아버지는 아이스 아메리카노를 나는 아이스 초코라테를 앞에 두고 앉았다.

"둘이서 온 건 처음이제?"

"네."

또 혼날까 봐 이번에는 대답했다.

"근디 왜 온 겨? 무슨 일 있는감?"

"배고파서요."

"배가 고파? 아, 그럼 그거 쭉 들이켜. 딱 봐도 배부르게 생겼구면."

허 할아버지는 그렇게 말하고는 아메리카노를 쭉 들이켰다. 이상하리만치 마음이 편했다. 구민센터에 다닐 때도 가장 편한 사람이 허 할아버지였다. 농담도 잘하지만 쓸데없는 참견이나 꼰대 같은 말은 하지 않아서다.

"있잖아요, 할아버지."

"그려, 나 여기 있어."

"아, 그런 거 말고요."

"그럼 저런 걸 얘기하든가?"

"농담할 기분 아니거든요?"

"그럼 진담을 얘기하면 되겠구면."

훗훗!

나도 모르게 헛웃음이 나왔다. 늘 이런 식이었다.

"진짜 진담 얘기해도 돼요?"

내가 정색을 하자 허 할아버지가 눈을 홉뜨며 바라보았다.

"내는 입이 가벼우니께 잘 생각해 보고 말혀. 나중에 후회허지 말고."

말하지 말라니까 더 말하고 싶어졌다.

"엄마들이랑 싸웠어요. 아니, 제가 못되게 굴었어요."

"그렇게 얘기하는 거 보니께 못되긴 글렀구먼. 계속해 봐."

허 할아버지는 '엄마들'이라고 복수형을 썼는데도 다른 걸 꼬집었다. 아니면 못 들었거나.

"왜 아무 잘못도 없는 엄마들한테 화를 냈는지 모르겠어요. 사실 화는 다른 사람에게 내야 하는데."

"다른 사람이 옆에 없으니께 가장 가까이 있는 사람한테 화를 낸 거구먼. 그게 뭐가 잘못이여."

"가까이 있는 사람이요?"

"그려. 그래서 나는 누가 화를 내면 멀리 피하는구먼. 그 화를 내가 감당할 자신이 없을 땐 꼭 그러지. 그러니께 피하지 않고 들어 준 사람들 몫이구먼."

"피하지 않은 엄마들 잘못이라고요?"

"그렇지. 그런디 엄마가 둘인감?"

이제야 할아버지도 이상하다는 걸 눈치 챈 모양이었다.

"네."

"내도 엄마가 둘인디 동지구먼."

"할아버지도요?"

"그려. 우리 엄니가 작은 마누라였어. 내가 일곱 살 땐가 내 손을 꽉 잡고 어디 지옥이라는 곳으로 들어가는 맹키로 큰집에 들어갔지. 그때부터 내는 엄니가 둘이었어. 아버지는 마누라를 둘씩이나 얻어서 오래 살지 못했는디, 아버지 죽고 나니께 둘이 그럭저럭 사이가 나쁘지 않더라고. 우리 엄니가 아버지 죽을 때보다 큰엄니 돌아가셨을 때 더 크게 울더라고. 사람들이 억수로 수군댔어. 여자 둘이 한집에 산다고, 그렇고 그런 사이라고 말이여. 근디 친구네도 그렇다니 어째 반갑네."

"전 그런 거 아니에요. 전 진짜 엄마가 둘이에요."

"나도 진짜여."

"아이, 답답해라. 엄마랑 엄마가 부부라고요. 레즈비언이요. 그게 뭔지 아세요?"

"아니, 이 친구가 날 뭘로 보고! 내가 이래봬도 영어반에 1년을 다녔는디 그것도 모를까 봐? 진즉에 우리 엄마들은 레즈비언 부부예요, 그렇게 말하면 내가 바로 알아들었지."

"이상하지 않으세요?"

"친구는 이상한감?"

"꼭 그렇진 않지만 지금은 잘 모르겠어요. 이상하지 않다고 생각했는데 이제 엄마들을 이해하지 못하겠어요. 조금 화도 나고요."

"엄마들헌테?"

"엄마들도 그렇고 엄마들이랑 비슷한 사람들한테요."

"그 뭐시냐? 성소수자라고 부르는 사람들 말하는 겨?"

"네. 그런 것도 아시네요?"

"자꾸 이런 식이면 친구랑은 더는 친구 못 히겠구먼!"

"아, 또 죄송해요. 이번에는 아아 못 사드려요, 돈이 없어서."

"됐구먼. 나도 두 잔은 못 마셔. 그런디 왜 그 사람들헌테 화가 나는 겨?"

"남자가 되고 싶어서 절 버렸대요."

"복잡허구먼!"

"그래서 엄마들이 절 주워서 키웠대요."

"그럼 복잡하지 않구먼."

"왜요?"

"주워서 키운 거랑 낳아서 키운 거랑 뭐가 어렵겄어? 낳는 건 잠시인디 주워서 키우는 건 오래 걸리잖여. 오래 걸렸다는 건 오래 사랑하고 오래 이뻐하고 오래 지켜본 거니께 답은 간단허지. 그리고 그 남자도 남자가 되고 싶어서 친구를 버린 게 아니고 겁이 나서 그런 거여."

"겁이요?"

허 할아버지는 마치 미리 답을 알고 있다는 듯이 대답했다.

한 번도 이렇게 미리 정한 대답을 해 주는 사람이 없었다. 주저하고 비밀을 만들고 감추기만 하느라 내가 무엇을 원하는지 알려고 하지 않았다.

"그려. 우리 엄니가 덜컥 나를 낳고 보니 눈앞이 깜깜하드랴. 겁이 난 거지. 남편이란 놈은 조강지처한테 돌아갔지, 엄니는 아직 어리지, 친정에서는 쫓겨났지, 어쩌겠어. 눈 딱 감고 나를 버리면 다시 원래대로 돌아갈 수 있을 것 같았겠지."

"그래도 안 버렸잖아요?"

"안 버리긴? 버리긴 버렸어. 내가 아무한테도 말 안 한 게 있는디 친구니께 말하는 겨. 엄니가 장날에 슬그머니 내 손을 놓았다니께. 내가 똑똑히 기억햐. 내가 손을 놓은 게 아니고 엄니가 놨어."

"그래서요?"

"악착같이 찾았지. 얼굴이 눈물 땀시 따가울 정도로 울면서도 눈을 부라리고 찾았어."

"찾았어요?"

"찾았으니께 내가 여기 있는 겨. 엄니가 날 보자마자 등짝을 후려치는디 반가워서 후려치는 건지, 내가 엄니를 악착같이 찾아내서 미워서 후려친 건지 아직도 몰러."

"물어보지 그랬어요?"

"뭘 물어봐. 그건 엄니한테도 맘 아픈 일인 겨. 오죽허면 그러졌어. 자식을 버리는 엄니 심정이 바로 지옥이여. 그 불지옥이 벌이구먼."

"할아버지는 레즈비언이 정말 이상하지 않은가 봐요?"

"사실, 나도 그런 사람들을 한 번도 본 적이 없어서 잘은 몰러. 아마도 본 적이 없는 게 아니라 드러내지 않아서 모르는 거겠지. 옛날에는 많이여. 동네에 비보 형, 미친년 하나씩은 꼭 있었어. 미친년, 바보 형이라고 험하게 불렀지만 다 친구였어. 같이 놀았으니께. 지나고 보니께 그 친구들이 장애인이었어. 그렇게 부르면 절대로 안 되는 거였지. 근데 지금 돌아봐. 장애인들이 안 보여. 없는 게 아니라 안 보이는 거여. 꼭꼭 숨어서 세상 밖으로 못 나오는 거지. 그게 좋은 세상일까? 아니여. 그런 세상은 좋은 세상이 아니여. 장애인들도 세상 밖으로 나오고, 성소수자들도 세상 밖으로 나올 수 있는 세상이 좋은 세상인 거여. 그래야 그들을 바보 형이나 미친년, 이상한 사람들이라고 부르지 않을 수 있어. 우리랑 하나 다를 게 없는 그냥 사람이여. 조금 불편하거나 조금 다른 사람들. 그게 뭐가 이상하겄어."

"정말이요?"

"그럼 정말이지. 내는 거짓말은 못 허니께."

뻥쟁이 허 할아버지 말이 이번만큼은 뻥이 아니길 바랐다.

허 할아버지도 이해한 관계를 나는 아직도 이해를 못 하고 있었다. 언제쯤 이것에서 벗어날 수 있을지 모르겠다. 하지만 마

105

음은 많이 누그러졌다. 웨어아유프롬반에 오길 잘했다.

갑자기 온다 씨와 난다 씨가 무진장 보고 싶어졌다. 배고픔과 보고픔은 마치 동의어처럼 동시에 찾아왔다. 나는 허 할아버지와 헤어지고 난다 씨가 일하는 마트로 향했다. 월요일 오후니까 조금 한가할지도 모르겠다.

식품 매장에 도착했는데 왠지 매장이 어수선했다. 난다 씨는 보이지 않았고 요리를 담당하는 이모가 나와 있었는데, 어질러진 매대를 치우느라 정신이 없어 보였다. 생선 코너 이모는 위생모도 벗겨진 채였고 흐트러진 머리를 다시 정리하고 있었다. 어떤 손님이 행패라도 부리고 간 모양이었다. 흔한 일은 아니지만, 가끔 있는 일이었다. 과일을 고르는 척하며 식품 매장을 계속 지켜보았다. 요리하는 이모나 생선 코너 이모한테 물으면 당장 알수 있겠지만 그러고 싶지 않았다. 지금은 일부러 웃어 가며 인사 같은 걸 나눌 상황이 아닌 것 같았다. 나는 마트를 한 바퀴 더 돌고 다시 가 보기로 했다.

세제 코너를 돌 때였다. 난다 씨가 마트 밖으로 나가는 게 보였다. 내가 알기로는 매장 깊숙이 직원 휴게실 같은 게 있다고 들었는데 아무래도 밖이 좋은 모양이었다. 서둘러 난다 씨 뒤를 따랐다. 난다 씨는 주차장을 지나 건물 뒤편으로 향했다. 발걸음이 왠지 급해 보였다. 소리를 질러 난다 씨를 부르려다 말았다.

건물 뒤쪽에는 컨테이너로 만든 창고가 있었다. 하지만 난다 씨는 창고를 지나 깊숙이, 더 깊숙이 들어갔다. 창고를 지나 시야에서 사라진 난다 씨를 찾았다. 난다 씨는 창고 옆에 자리한 파란색 플라스틱 의자에 앉아 담배를 태우고 있었다. 난다 씨가 담배를 태우는 게 놀라운 게 아니라 울고 있는 것에 놀랐다.

우리는 서로를 보며 잠시 당황했지만 금세 아무 일도 없다는 듯이 말했다.

"왔어?"

난다 씨가 옆에 있는 의자를 밀어 줬다.

요 며칠 미친 듯이 화가 치밀었는데 난다 씨 모습을 보니 미안했다. 심한 상처를 입은 동물 같았다.

"여기서 뭐 해?"

의자에 앉았지만 난다 씨를 똑바로 보지 못했다. 나는 창고 앞쪽에 있는 은행나무를 바라보았다. 난다 씨는 그 너머 하늘을 보고 있는 듯했다.

"담배 피우지."

"담배 피워? 언제부터? 난 왜 몰랐지?"

"잘 안 피우니까. 피우다 끊었다 해. 사실 별로 좋아하진 않아."

"좋아하지도 않는데 왜 피워?"

"속상해서."

"나 때문에?"

"왜 너 때문에 속상하겠어. 우리가 미안하지."

"그럼 왜 속상해?"

난다 씨가 고개를 떨구었다. 그녀의 어깨가 흔들렸다. 흔들림이 조금씩 심해졌다. 나는 그녀가 실컷 울도록 가만히 기다렸다. 넓다고 생각했던 그녀의 어깨가 매우 작게 느껴졌다. 세상에서 가장 연약한 생명체 같았다.

"난다 씨…."

"알아. 이러면 안 된다는 걸 알아. 이러면 내가 진다는 것도 알아. 그런데…."

"누가 뭐라고 했어? 누가 그랬는데?"

"알아 버렸어."

"뭘?"

"내가 레즈비언인 걸. 흑!"

난다 씨가 고개를 들었다. 그와 동시에 손에 들고 있던 담배가 바닥으로 떨어졌다. 오래전에 불이 꺼진 채였다.

난다 씨가 이렇게 약한 모습을 보이는 것은 처음이었다. 온다 씨보다 강한 여자가 난다 씨였다. 당당하고 약간은 억척스럽기까지 했다. 그런 난다 씨가 무너지고 있었다. 그 무엇도 아닌 그녀의 정체성이 그녀를 아프게 했다.

잠시 후, 난다 씨가 눈물을 훔치고 마른세수를 했다.

"이제 가야겠다."

"어디를?"

"집에."

"아직 일도 끝나지 않았잖아?"

"이런 기분으로 더는 일하고 싶지 않아."

"그래도 괜찮아?"

조금은 걱정이 되었다.

"왜? 잘릴까 봐?"

"그런 건 아니지만….."

"응. 일단 피하고 보자. 숨을 쉴 수가 없어….."

난다 씨가 일어섰다.

허기가 사라져 버렸다.

왜 불행은 한꺼번에 찾아오는 것일까? 마치 문 앞에서 준비하고 있다가 때를 기다렸다는 듯이 한꺼번에 찾아온 것 같았다.

내가 알기로는 난다 씨와 온다 씨는 몇 번인가 직장을 잃었다. 어떻게 알았는지 사람들은 기어코 알아내고 만다. 알아내는 것이 문제가 아니라 그것으로 공격을 한다는 것이다. 온다 씨와 난다 씨는 그에 맞설 무기가 없다. 매번 맨몸으로 견디어야 했다. 늘 상처받는 것은 그들이었다.

또 올 것이 왔다.

또 전학을 가야 할지도 모르겠다.

너무 오래 기다리게 하지 마

그날 저녁 우리는 다른 날보다 조용한 식사를 했다. 내가 야단을 떨어서 이런 일이 벌어졌는지도 모르겠다.

"치과는 다녀왔어?"

온다 씨가 식사가 거의 끝나갈 때 물었다.

"응."

"뭐래?"

"약 먹으래. 치실 쓰는 방법을 10분도 넘게 설명해 줬어."

"어쨌든 마음이 놓인다."

"마음이 뭐가 놓여. 난다 씨가 저런 일을 당했는데? 다 나 때문이야."

"왜 너 때문이야?"

온다 씨가 수저를 놓았다. 난다 씨는 먹기를 포기한 표정으로 날 바라봤다.

"내가 재수없게 난리를 피웠잖아."

"아니야. 우리가 미리 말했어야 했어. 보니가 오기 전에 너한테 말하고 허락을 받았어야 했어. 우리도 비겁했어. 요 며칠 정말 많이 반성했어."

온다 씨 말에 난다 씨도 고개를 끄덕였다.

"네가 컸다는 걸 알았어야 하는데 마냥 애라고 생각한 거야. 이다야, 우리를 이해해 줘. 우리도 부모가 처음이라서 그래."

"그렇지! 우리도 처음이지!"

난다 씨가 강하게 동의했다.

나는 수저와 젓가락을 놓고 잠시 생각하다가 조용히 말했다.

"미, 미안해. 함부로 얘기한 거, 버릇없이 군 거…. 나도 처음이라 그랬어…."

"그, 그러네. 우린 다 처음이야. 부모가 되는 것도, 자식이 되는 것도, 가족이 되는 것도 다 처음이네. 그러니까 이게 뭐냐…."

난다 씨가 말을 멈췄다.

우리는 잠시 말을 잇지 못하고 밥상만 바라보다 다 같이 웃음이 터져 나왔다. 누가 먼저 웃었는지 기억나지 않는다. 그저 누군가 먼저 웃었고 나머지 둘이 따라서 웃기 시작했는데 그렇게 터진 웃음이 점점 커졌다.

"흐흐흐, 내가 정말 미치겠다."

"왜 미쳐? 이렇게 잘 해결이 되었는데."

난다 씨가 배를 잡았고 온다 씨가 웃느라 생긴 눈가에 있는 눈물을 찍어 냈다. 하지만 곧이어 내가 던진 질문에 웃음기가 가셔 버렸다.

"그런데 왜 난다 씨가 피해야 해?"

두 엄마가 순간 몸을 움찔했나? 내 질문이 불편할 수도 있겠다.

"피하지 않았어. 그년 머리채를 잡았으니까 된 거야. 이런 얘기 그만하자."

난다 씨가 다시 수저를 들었다.

"머리채를 잡을 게 아니라 엄마가 따졌어야지."

왠지 엄마들만 아픈 게 억울했다. 맨날 당하는 엄마들이 바보 같았다.

"네 일 아니라고 쉽게 말하지 마."

"쉽게 말하는 거 아니거든? 엄마는 억울하지도 않아? 머리채를 왜 잡아? 그악한 아줌마밖에 더 되냐? 나 같으면 고상하게 품위 있게 그들이 이해할 때까지 얘기했을 거야."

"그래! 나는 고상하게 말 못 해. 그런다고 그 사람들이 알아먹을 것 같아? 너 광장에 몇 번 나갔다고 착각하지 마. 상대편 집회자들은 전혀 모르는 사람이라 그러려니 하지? 그런 사람들이

네 이웃이고 네 친구야."

난다 씨 얼굴이 빨개졌다. 또 흥분한 것이다.

"아니, 이다 말이 맞아."

그러자 가만히 있던 온다 씨가 거들었다.

"너까지 왜 그래?"

"대화라는 걸 해 본 적 없잖아. 싸우지 않으면 도망치거나 피하거나 숨기밖에 더 했어?"

"대화라고? 넌 그렇게 당했으면서 그런 말이 나와? 그냥 이마에 써 붙이고 다녀. 나는 레즈비언이라고. 그럼 그들이 대화할 준비를 할 거야."

"싸우지 마. 그건 네가 약한 걸 들키고 싶지 않아서 과잉 대응한 거라고."

"시끄러워. 왜 내가 그 사람들에게 죄인처럼 구구절절 설명하면서 대화를 해야 하는데?"

"이해 못 할 수도 있다는 거 알잖아. 우린 설명해야 해. 우리도 다르지 않다는 걸 설명해 줘야지."

점점 온다 씨와 난다 씨의 대화가 치열해지고 있었다. 내가 시작했으니 내가 마무리해야 하는데 끼어들 수가 없었다.

"그래서 넌 지난번 학원을 그만둔 거야? 대화로 잘 설명하지 그랬어?"

급기야 난다 씨가 비꼬듯 말했다. 온다 씨가 가장 싫어하는 대화체다.

"그렇게 말하지 마. 학생들한테 좋지 않은 영향을 줄 수 있다는데 내가 뭘 더 할 수 있겠어."

"그래, 그 사람들도 이다가 그렇게 될 거래, 좋지 않은 영향을 줘서 애가 잘못될 거래. 우리가 키우니까. 우리는 애 같은 건 절대로 못 키운다는 거지. 정상이 아니라서. 그 말에 이성을 잃었다. 그게 뭐 어때서?"

나도 온다 씨도 침묵했다. 조용한 저녁이 끝나 버렸다.

사람들은 알지 못한다. 이 사람들이 얼마나 정상인지, 얼마나 순결한지. 내 불온한 피에 비하면 더없이 훌륭한 피가 흐르는 종족이다.

정상이 아닌 것은 그녀들이 아니었다. 나는 태생이 비정상적으로 만들어졌다. 나는 절대로 먹으면 안 되는 빨간 약을 먹고 말았다. 신이 금지한 그 약을 먹은 대가는 혹독했다. 약은 내 혈관을 따라 내 머릿속을 헤집어 놨다. 나는 지금도 화가 나는 중이다. 온다 씨가 아니었다면, 난다 씨가 아니었다면 이 화가 폭주할 거였다.

다음 날, 정말이지 나가고 싶지 않았는데 진지우를 만나러 갔다. 진지우가 웬일로 국밥이 아닌 수제 버거집을 선택했다. 국밥 충이 별일이었다. 수제 버거집은 작은 가게였지만 꽤 유명한 곳인지 전철역에서 20분이나 걸어서 가야 하는 데도 웨이팅이 있을 거라고 했다. 이렇게 불편하게 햄버거를 먹어야 하는지 가는 내내 불만이었다. 게다가 이건 내가 사야 하는데 너무 불공평했다.

"가게 이름이 뭐라고?"

괜한 이름에 딴지라도 걸 작정이었다.

"아임샘버거."

"샘이 버거 이름이겠네?"

"응."

대답이 짧다.

"버거 이름이 뭐 그러냐?"

"그냥 따라오면 안 돼? 너 원래 이렇게 말이 많았어?"

"왜? 말이 많아서 실망했냐? 지금이라도 무르든가?"

"아냐, 아냐. 그런 말은 아니거든. 지금 생각이 복잡한데 자꾸만 네가 딴지를 거니까."

원래 진지한 건 알고 있었지만 이번은 좀 심하다. 수제버거에 전철 타고 와야 하는 곳이라니. 그러고 보니 진지우 가방에 매달려 있던 까딸루 고양이가 며칠 전부터 보이지 않았다. 물어본다는 게 복잡한 일 때문에 잊고 말았다.

"그 인형은 어쨌냐?"

"무슨 인형?"

"고양이 키링 말이야."

"아, 그거 뗐지. 유진이랑 커플로 오해받긴 싫어."

"농담이었거든."

"농담이어도 싫어."

녀석이 꽤 단호했다.

"너 유진이 좋아하잖아?"

"좋아하지! 아, 이것도 오해하지 마라. 그냥 친구로는 더없이 좋다는 뜻이야."

"왜 이렇게 설명이 기냐?"

"사실… 아, 아니다."

진지우가 뭔가 더 말하려다 그만두었다. 버거집 앞에 도착했기 때문이다.

웨이팅이 두 팀이나 있었지만, 점심 먹을 시간이 꽤 지나서인지 세 팀이 한꺼번에 나왔다.

메뉴판이 도착했다. 수제 버거라 그런지 골라야 할 게 많았다.

"뭐가 이렇게 복잡해?"

"내가 고를게."

"아니, 내가 고를래."

메뉴판을 뺏어 들고 한참을 보았다. 뭐, 별거 아니다. 수학 공식보다는 쉬웠으니까.

"여기요!"

알바 오빠를 향해서 손을 번쩍 들었다.

"뭐 줄까요?"

"흠, 전 기본인 샘 버거로 주시고요, 패티는 먹물로 주시는데 두께는 씬으로 주세요. 양파는 빼 주시고요, 음료는 사이다요."

"전 애랑 똑같이 주시는데 패티 두께는 기본으로 주시고 음료는 콜라요."

알바생이 주문 한 것을 다시 한번 확인하고는 돌아갔다.

"와 봤어?"

"아니."

"그런데도 주문 잘하네."

"수학보단 쉽잖아. 아까 그 얘기나 마저 해."

"무슨 얘기?"

"사실은 뭐라고 하다가 그만뒀잖아. 유진이가 친구로서 좋다고 했고, 그다음 사실은 뭐야? 뭐가 더 있지?"

"유진이가 말하지 말랬는데…."

역시 뭐가 더 있었다. 내 직감이 맞았다.

"말해."

"유진이는 내가 적이래. 가장 친한 친구를 내게 빼앗길 수도 있다나? 그래도 알려 줄 건 알려 준다면서 몇 가지 당부를 하더라. 그중 하나가 여자들은 여사친에 대해서 예민하다는 거야."

"그래서 키링에 대해서 유진이가 이렇게 말하라고 말해 준 거야?"

"응."

"그냥 친구로 좋아한다고 말하라고 그랬고?"

"응. 근데 난 친구로도 개 별로야."

"나쁜 놈이네."

"응?"

진지우가 깜짝 놀라며 물었다. 그 사이 햄버거가 나왔다. 바늘 같은 긴 침으로 햄버거 중앙을 찔러 놓아서 안에 내용물이 많은데도 햄버거 모양이 무너지지 않은 채로 나왔다. 햄버거를 싸는 종이가 따로 나오는 걸로 봐서 취향껏 먹는 방법을 달리할 수 있었다. 진지우는 나이프와 포크를 골랐고 나는 종이에 햄버거를 꼼꼼하게 싸서 한입씩 먹기 시작했다. 나도 진지우도 먹는 것에 집중했다.

"유진이는 널 좋아하는데 별로라니 나쁜 놈이지. 그것도 불알친구한테."

케케켁!

진지우가 기침을 하더니 콜라를 들이켰다.

"내가 볼 때 너와 유진이는 정말 좋은 친구야. 좋은 친구를 만나는 거 아무나 하는 거 아니다."

"내 친구는 내가 알아서 잘 관리할게. 넌 내가 한 말 생각이나 해 봐."

"무슨 말?"

모른 척 시치미를 뗐다.

"넌 무진장 단순한 걸 복잡하게 생각해. 그러니까, 다른 애들은 오늘부터 사귀자, 하면 그래, 오늘부터 1일이다, 이러거든. 근데 넌 왜 이렇게 복잡하냐?"

진지우가 정말 진지하게 말했다.

솔직히, 한 번도 생각해 보지 않은 말을 했다. 나는 왜 이렇게 모든 것이 어려운 걸까? 진지우를 좋아한다고 생각했는데 정작 사귀자고 하니까 겁이 나 버렸다. 누군가를 좋아하면 큰일이라도 나는 사람처럼 겁을 먹고 있는 것은 아닐까? 나 자신을 잘 모르겠다. 아니, 모르는 척하는 걸까?

"잘 모르면 그냥 먹기나 해. 너무 진지하게 생각하지 말고…."

"먹긴 먹는데, 너무 오래 기다리게 하지는 마라. 나도 지치기 싫다."

우리는 햄버거를 해치우는 데 집중했다. 패티 안에 있는 내용물을 흘리지 않고 모양을 흐트러뜨리지 않고 먹었다. 나는 햄버거를 멋지게 먹고 있는데 진지우는 멋지게 먹지 못했다. 침을 꽂은 채로 패티를 썰어도 내용물이 밖으로 빠져나왔고 곧이어 쌓은 패티도 무너졌다. 그런데도 진지우는 포크로 알갱이를 줍듯 콕콕 찍어 먹었다. 알뜰하게.

끝끝내 우리는 아무런 결말도 없이 헤어졌다. 지치지 않게 해 달라는 녀석의 부탁을 애써 모른 척했다.

다음 날, 유진이 급식 시간을 간절히 기다렸다는 듯이 내 옆에 앉았다. 물론 서라도 함께 앉았다.

"또 채소?"

유진이 도시락이 더 파래졌다. 그걸 본 서라가 놀리듯 물었다.

"또 또 채소지. 어젠 햄버거 잘 먹었고?"

유진이 대답과 동시에 내게 물었다.

"무슨 햄버거?"

서라가 끼어들었다.

"어제 이다가 홍대 뒤에 아임샘버거에 가 봤대."

"아, 나도 거기 알아. 진짜 맛있지 않냐? 거기 알바 오빠들도 엄청 잘생겼어. 연예인들도 가끔 온대."

"그래? 누구? 혹시 쇼미더머니머니에 나오는 오크족들?"

유진이 눈이 반짝였다.

"너 비건 아니었어?"

둘이 죽이 잘 맞았다. 살짝 빈정이 상해서 물었다.

"비건이지. 거기 호밀빵 패티에 가짜 고기로 만든 비건 버거도 팔아. 그건 못 봤나 보지? 얼마나 재밌으면 메뉴판 볼 시간도 없었을까?"

유진이 날 놀리고 있었다.

"내가 너한테 책 빌려준 걸 탓해야지. 다 내 탓이다, 내 탓!"

"이건 또 뭔 소리야?"

서라가 물었다.

"그놈의《육식의 종말》때문에 유진이가 비건 선언을 한 거야. 그 책 내가 빌려준 책이거든."

"애걔, 책 한 권 때문에 그런 중대한 결정을 했다고?"

"그럼, 책 한 권이 인생을 바꾸기도 하거든. 책 속에 다른 세상도 있단다. 얘야!"

"다른 세상도 있지."

내가 고개를 끄덕였다.

"그 책이 그렇게 대단해? 논술 시험에라도 나오냐?"

서라 눈이 반짝였다. 누가 모범생 아니랄까 봐.

"필독서거든!"

유진이 대꾸했다.

나는 묵묵히 내 몫의 급식을 먹었다. 필독서라고 무작정 찍는 것이 못마땅했다. 좋은 책과 나쁜 책이 있을 순 있지만 반드시 읽지 말아야 할 책이 있고 꼭 읽어야 할 책이 있는 것은 아니다. 게다가 누군가 일방적으로 그렇게 정했다는 게 싫었다. 순전히 그건 개인의 몫이어야 한다. 내가 읽어 보고 생각해 보고 길게 느껴 보고 나만의 기준으로 분류해도 충분했다.

"필독서? 어떤 책인데?"

그때 누군가 우리 곁을 지나다 알은체했다. 담임이었다.

"쌤, 그거 아세요?《육식의 종말》이요."

"알지, 알아."

서라 질문이 꽤 반가운 모양이었다.

담임이 음식이 담긴 식판을 우리 테이블에 내려놓으며 앉았다. 다른 선생님은 저만치 한자리에 모여서 밥을 먹고 있는데 불편하게 왜 여기에 앉는지 이해할 수 없었다.

"나도 그 책 읽고 한동안 고기를 못 먹겠더라고."

"쌤도요? 지금 유진이가 딱 그래요."

"아, 그래서 유진이가 도시락을 싸 오는구나. 난 다이어트 하나 했어."

"아니에요. 이다가 빌려준 그 책 때문에 비건이 되었어요."

"아직은 아니거든!"

유진도 그리 기분이 좋아 보이지 않았다.

"어머, 이다도 그 책을 다 읽은 거야? 어땠어?"

담임이 동그랑땡 하나를 한입에 다 넣었다. 소심한 성격 때문에 먹는 것도 소심할 줄 알았는데 의외였다.

"꼭 말해야 해요?"

책을 읽고 비건까지 하는 유진이 아니라 책을 빌려준 내게 왜 이런 질문을 하는지 모르겠다.

"말하기 싫으면 안 해도 돼. 그런데 알고는 싶어. 나는 정말 흥미롭게 읽은 책이라서."

동그랑땡 두 개가 동시에 들어간다. 거의 나와 동급이었다.

그래서 대답했다.

"비건도 좋지만 당장은 환경이랑 동물권 때문에 육식에 대해서 다시 한번 생각해 봐야 한다고 생각했어요."

"어머, 어머, 맞아. 나도 꼭 그렇게 생각했는데!"

"그런 것치고는 고기를 엄청 잘 드시는 데요?"

"그건 너도 마찬가지지! 지금 동그랑땡 두 개를 한 큐에 꿀꺽했잖아."

내가 말하자마자 유진이 바로 치고 들어왔다.

"아, 그러고 보니 쌤이랑 이다랑 비슷하게 먹네요. 이다도 나눠 먹는 법이 없어요, 뭐든지 꼭 한입에 다 넣거든요."

서라가 유난히 수다스럽다.

"어머, 어머 이다도 그러니? 나도 그런데!"

어설픈 담임도 오늘은 유난히 야단스러웠다.

그러거나 말거나 유진과 나는 얼추 점심을 다 먹어 간다. 내가 먼저 일어나야 할지 그걸 고민하고 있다.

나는 누구의 딸도 아니에요

마트에 소문이 났다. 마트에 소문이 났으니 학원에서도 몇몇 아이들이 아는 눈치였다. 멍청하게도 그 일로 서라와 유진이 싸웠다는 걸 나중에서야 알았다. 어쩐지 서라 태도가 이상하다 싶었다. 그 아이 표정에서, 눈빛에서 적의를 느꼈다. 그리고 또 한 명, 진지우도 알고 있는 게 분명했다. 그 애가 내 시선을 자주 피하고 있다. 시선만 피하는 게 아니라 뭔가 크게 잘못한 애처럼 화들짝 놀라기까지 했다. 특히 내가 무엇을 물을 때마다 그랬다. 게다가 유진이의 눈치를 보고 있다. 단순히 버거집에서 내가 마음에 안 든 모양이라고 생각했는데 그게 아니었다. 내가 레즈비언 엄마들과 함께 산다는 걸 안 것이다. 진지우에게도 이건 엄청난 일인 것이다.

사소한 소문이 흉흉한 소문으로 바뀌기까지는 그리 오래 걸리지 않았다. 조그만 사실 하나에 의심이, 상상이, 허구가 둘러붙는다. 마치 블랙홀에 빠지듯 이것들은 엄청난 힘으로 모든 진실을 어둠 속으로 빨아들인다. 남아 있는 것은 전혀 다른 모양이 되었다. 원래 알던 사실이나 진실은 이제 중요해지지 않는다.

그럼 온이다도 레즈야?

그러니까 같이 사는 거 아냐?

어쩐지, 그럴 줄 알았어. 여자애들 볼 때 눈빛 봤냐? 으, 진짜 역겨워.

그럼 온이다는 누구 딸이야?

둘이 그거해서 태어났나?

까르륵.

아이들이 웃었다. 교실 밖까지 웃음소리가 들렸다.

나는 교실 안으로 들어가지 않고 학원 밖으로 나와 버렸다. 딱히 갈 곳이 없었다. 몸이 이끄는 곳은 난다 씨와 함께 있었던 마트 뒤편 창고 옆이었다. 난다 씨가 마트를 그만둔 지 며칠이 지났는데 이곳에 와 있는 게 이상했다. 마치 주인 없는 집에 앉아 있는 것 같았다.

수학 학원에 더는 다니고 싶지 않았는데 이참에 잘되었다. 아이들이 궁금하던 그 질문에 대답이라도 해 주고 올 걸 그랬다. 이렇게 말이다.

우리 엄마들이 사랑을 해서 내가 태어났다면 얼마나 좋았겠니? 나도 간절히 바라던 바야. 하지만 불행하게도 나는 누구의 딸도 아니야. 그게 비참하냐고? 아니, 차라리 다행이야. 난 누구로부터도 태어나지 않았어. 나는 이 세상에 혼자 태어났어. 그게 가능하냐고? 그래, 가능해. 다만 신이 기억하지 못할 뿐이라고.

나는 누구의 딸도 아니다. 그들이 나를 '우리 모두의 아기'라고 했지만 아니다.

며칠 전, 보니 씨가 아파트 앞으로 날 찾아왔다. 그날 이후 처음 보는 거였다. 얼굴이 형편없이 상해 있었다.

16년 전 나는 보니 씨의 배에서 무럭무럭 자랐다. 그때 보니 씨는 비로소 결심을 했다고 한다. 자신이 진심으로 원했던 남자가 되기로. 그 대가가 나를 버리는 거였다.

"차라리 날 낳지 말았어야죠."

보니 씨를 탓하고 싶었다.

"그럴 수가 없었어. 네가 생긴 줄도 몰랐어. 난 정말 내가 남자인 줄 알았어. 생리를 잘 안 했거든. 어쨌든 내가 널 버려서 온다도 날 떠났지. 알아, 벌을 받았다는 거."

"임신한 걸 어떻게 모를 수 있어요?"

"심리적인 현상이래. 상상임신이랑 비슷한 거야. 스스로 여자이길 거부하니까 생리도 잘 안 했고 가슴도 덜 발달한 거야. 몸이 정신의 지배를 받았다는 거지. 참 묘하지?"

"엄마를 닮은 게 아니었네⋯."

나도 모르게 혼잣말이 나왔다. 생리 양이 많아서 내 엄마도 꼭 그럴 거라고 생각했는데 아니었다. 생물학적인 친모가 지금 증언한 셈이다.

"뭐라고?"

"아니에요. 계속하세요."

"꼭 할 말이 있어서 왔어."

"하세요."

보니 씨가 한참을 망설였다.

"널 버려서 미안해⋯."

그러고는 고개를 숙였다.

바람이 찼다. 가을이 채 지나지 않았는데 곧 겨울이 올 것 같았다. 아파트 놀이터가 아닌 실내로 들어가고 싶었다. 한기로 몸이 떨렸다.

그에게 괜찮다는 말은 하지 않았다. 나는 괜찮지 않았으니까.

그에게 들어야 할 말은 길었다. 마치 작정하고 온 것 같았다. 결국 그는 날 버렸고 온다 씨는 그런 보니 씨를 버렸다. 하지만 온다 씨는 나를 버릴 수가 없었다고 한다. 내가 태어나는 것을 보았고 보니 씨가 거부한 수유를 온다 씨가 했다. 단순히 그런 이유에서 날 키우고 싶었을까? 나는 어린 온다 씨를 이해할 수 없었다. 한때 자기가 사랑한 사람의 아이여서 그런 것일까? 아니면 불쌍해서? 이유가 무엇이든 미혼인 온다 씨는 나를 양육할 수 없었다. 어쩔 수 없이 나를 기관에 맡겼다. 나를 키우기엔 모든 조건이 불리했다. 게다가 그녀는 고작 스물다섯이었다.

"온다는 너 때문에 남자와 결혼까지도 생각했던 것 같아. 그 방법 말고는 널 데려올 수가 없었으니까."

"그래서 남자와 결혼했어요?"

"아니. 그사이 아는 언니네 부부가 널 입양했어. 온다는 이모처럼 그 집을 드나들었지. 그러면서 우리 모두가 네 근황을 자연스럽게 알게 되었어. 네가 점점 자라는 걸 다 함께 지켜보았어. 네 사진이나 동영상이 오는 날을 기다렸어. 그렇게 네가 자라는 걸 공유하면서 그들에게 넌 '우리의 아기'가 되었지. 난 그 모든 게 무척 힘들었어. 그래서 거길 떠났지. 꽤 오랜 시간."

"그랬군요. 그래서 날 다 알고 있었네요."

"그들은 간절히 바랐어. 네가 정말 행복하기를. 그런데 그 부부와 네가 잘 지내지 못했던 모양이야. 네가 이곳저곳을 전전한다는 걸 알고 온다는 애가 닳았지. 그리고 집요하게 따라다니기 시작했어. 민원을 넣고 직접 가서 부탁하고 매달리더니 결국에는 널 데려왔더라. 입양이라는 법적 절차를 밟은 건 아니지만 널 물리적으로 데려온 것만으로도 온다는 세상을 다 가진 것처럼 기뻐했다고 했어. 그러고는 온다가 멀리 떠나 버렸어. 마치 나와 마주치지 않으려고 일부러 떠난 것처럼. 그런데 아니었더라. 날 보기가 싫어서 떠난 것도 있겠지만 너에게 다른 세상을 주고 싶어서 떠난 거였어. 그것도 나중에서야 알았지."

보니 씨가 담담하게 말을 이어 갔다.

"어떤 엄마는 아이를 버리기도 하고 어떤 엄마는 열 달을 품고 낳지만 온다는 널 10년 가까이 품었어. 엄마의 자격으로 충분한 거지."

보니 씨는 이 말을 하려고 날 찾아온 것이다. 어떤 마음으로 날 찾아왔는지 내내 궁금했다. 그래서 그의 말을 끝까지 들으려 했다. 하지만 이제 와 이런 말들이 내게 무슨 소용이 있을까? 다 쓸데없는 말이었다.

"아니요. 전 누구의 아기도 아니에요. 누구의 딸도 아닌 거예요. 그런 식으로 제게 엄마를 만들어 주지 않아도 돼요."

"네가 얼마나 화가 났는지 알아. 너한테 용서받으려고 온 게 아니야. 맘껏 화를 내라고, 맘껏 미워하라고 말해 주려고 왔어."

"가세요. 그리고 다시는 찾아오지 마세요."

나는 자리에서 일어섰다.

들어야 할 말은 다 들었다. 나는 그를 보내 주어야 했다. 어차피 그는 내 엄마가 아니다. 내가 그의 딸이 아니듯. 그는 날 볼 때마다 지난 상처 속에서 고통받을 것이다. 나도 그도 원치 않았다.

정작 나를 아프게 한 건 따로 있었다. 아이들 농담과 눈빛이 나를 아프게 했다. 아프니까 화가 나기 시작했다. 꾹꾹 눌러 온

나는 누구의 딸도 아니에요

화가 다시 치밀어 올랐다. 이 자리에서 난다 씨는 도망을 쳤다. 난 도망치고 싶지 않았다. 벌떡 일어나 마트 안으로 향했다.

계산대를 지나서 물건이 즐비한 매대를 지나고 중앙에 있는 과일과 신선 야채 코너를 지나서 깊숙이 들어갔다.

가까이 갈수록 심장이 미친 듯이 뛰고 있다. 육류 코너를 지나서 생선 코너 앞에 섰다.

"어, 이다 왔구나? 엄마 여기 그만뒀는데?"

당황한 생선 코너 이모의 눈이 마구 흔들렸다.

"알아요."

"생선 사러 왔구나? 뭐 줄까? 오늘은 대구가 신선한데 이거 한 마리 손질해 줄까?"

"아니요."

"그럼 참조기 줄까? 요거 작긴 한데 금방 올라온 거야."

"싫어요."

이모가 허둥대기 시작한다.

"그럼… 네가 골라 봐… 얼른…."

"저는요, 잘 배우고 있어요. 잘 크고 있다고요."

"응? 뭐라고?"

생선 코너 이모의 눈이 휘둥그레졌다.

"레즈비언이 키우는 새끼가 뭘 보고 크겠냐고 하셨잖아요? 전 잘 크고 있다고요. 레즈비언 부부도 다른 부부들이랑 똑같거든요. 제가 잘못하면 혼내고 제가 잘하는 건 칭찬해 줘요. 절 사랑으로 키워 주고 어떤 건 무진장 엄격해요. 특히 남 흉보는 건 하면 안 된다고 배웠어요. 우리 엄마들이 아줌마들이랑 다른 건 하나도 없어요. 그러니까 이상한 걸 사실처럼 얘기하지 마세요. 만약 그랬다면 사과해 주시고요."

"애, 애가 뭐라는 거야?"

생선 코너 앞으로 사람들이 모여들어 웅성댔다.

"그러니까 사과하시라고요."

"아니, 내가 뭘 했다고 사과하래? 너 뭔가 단단히 오해하고 있는데, 가서 네 엄마한테 물어봐. 화를 먼저 낸 건 네 엄마야."

"아줌마가 이상한 말을 했으니까 그런 거죠."

"이상한 말? 뭐? 레즈비언이라고 한 거? 내가 없는 말 했니? 응?"

한때 이모라 불렀던 아줌마의 목소리가 점점 커졌다. 사람들이 더 많아졌다. 그래서 나는 더 크게 소리쳤다. 그럼에도 목소리가 떨렸다.

"아니요! 레즈비언 부부도 아이를 잘 키울 수 있다고요! 그러니까 말해 줘요! 제가 이상한 아이가 아니라고요. 우리 엄마들도 이상한 사람들이 아니라고 말해 달라고요!"

울지 않으려고 이를 꽉 물었다. 몸이 덜덜덜 떨렸다.

"애가, 애가 왜 이래? 내가 뭐랬다고!"

생선 코너 이모가 억울하다는 표정으로 사람들을 둘러보았다. 식품 코너에서 요리하는 이모도 달려왔다.

"사과할 때까지 여기에 있을 거예요. 그러니까 사과하세요."

"아휴 얘가, 얘가 진짜 이상한 애가 맞네!"

그때였다. 사람들 속에서 유진이 튀어나왔다.

"이상한 애 아니거든요!"

유진이 내 손을 잡았다. 꽉 잡은 유진의 손이 온몸으로 느껴졌다. 저만치 진지우도 서 있었다.

"왜 멀쩡한 애한테 이상한 애라고 하세요? 아줌마가 더 이상하거든요!"

"얘들아, 그만하고 가. 내가 이 이모한테 잘 설명할게."

요리를 하는 이모가 우리를 달래듯이 말했다. 그러자 유진이 나를 쳐다보지도 않고 중얼거렸다.

"그만 떨어, 바보야. 넌 충분히 용감해."

나는 유진이를 쳐다봤다. 유진이도 날 바라보았다.

"그만 가자. 넌 할 말 다했어."

유진이 내 손을 이끌었다. 사람들이 웅성댔다.

나와 유진, 진지우는 사람들 사이를 가르고 밖으로, 마트 밖으로 나왔다.

울지 않아서 다행이었다. 유진이 나를 잡아 주어서 정말 다행이었다. 진지우가 아무것도 묻지 않아서 다행이었다. 그러니까 오늘은 다행한 하루다.

　다음 날, 학교까지 번진 소문을 들은 담임이 내게 수업이 끝나면 남으라고 했다. 담임은 첫 부임 1년을 그럭저럭 잘 견디고 있는 듯했다. 내 문제만 아니라면.

　우리는 담임 책상 앞에 나란히 앉았다. 너무 가까이 있지만 마주 보고 있지 않아서 다행이었다.

　"이다야 힘든 일 있지?"

　"없는데요."

　"아, 아… 그래…. 차 마실래?"

　담임이 책상 맨 아래 칸에서 커피포트를 꺼내고 생수를 가져왔다.

　"차 안 마셔요."

　"아, 그래, 그래. 너희는 차 싫어하지. 나 좀 봐…."

　담임은 나와 눈을 맞추면 큰일이라도 나는 양 허둥댔다. 우리가 얼마나 민감한 촉수를 가졌는지 어른들은 잘 모른다. 그들의 표정에서 손짓에서 말투에서 그리고 저 시선에서 나를 어떻게 생각하는지 알 수 있다. 담임은 나쁜 사람은 아니었다. 다만 서툴 뿐이지. 차라리 서툰 게 나았다. 잘난 척하며 가르치려 들고 모든 걸 다 안다는 듯이 대했다면 정말 싫었을 것 같았다. 이쯤에서 이 선량한 선생을 편하게 해 주고 싶었다.

　"선생님…."

　　　　　　　　　　　나는 누구의 딸도 아니에요

"응, 뭐든 말해 줘."

담임이 커다란 안경테를 추켜올리더니 나를 바라보았다. 처음으로 당황하지 않고. 게다가 그 눈빛이 그윽했다. 담임을 편하게 해 주려고 했는데 정작 그 눈빛과 마주하니 내 마음이 가라앉았다.

"이다야 말해 줘. 네 말을 듣고 싶어."

말하라고 하는 게 아니고 '말해줘'라고 말했다. 이 말이 공손하게 들렸다. 대개는 말하라고 한다. '말해! 뭐든지 말하라고!' 그런데 담임은 '말해 주세요. 당신의 말을 지금 제가 듣겠습니다' 이렇게 속삭이고 있었다.

먼 훗날 '어렸을 때 만났던 사람 중에 생각나는 사람이 있을까요?' 묻는다면 나는 이 사람 이름을 댈 것 같다. 중3 내내 담임이 내게 보여 준 서툰 배려가 그러했다.

학기 중에 부모 직업 탐방이라는 프로그램이 있었다. 부모의 직장에 직접 가거나 질문지를 작성해서 물어보는 방식으로 그 직업의 특성과 부모와의 관계를 알아 오는 거였다.

"엄마 또는 아빠 다 상관없어요. 이모, 삼촌도 좋고요. 어떤 엄마를 선택하든 상관없다는 소리예요."

담임이 슬쩍 나를 봤다. 그러자 서라가 물었다.

"어떤 엄마도 있어요? 엄마가 둘 셋이면 고르라는 소리인가요? 아니면 나쁜 엄마든 좋은 엄마든 고르라는 소리인가요?"

"어, 내가 그렇게 말했어? 미안. 그러니까 가족 중 누구든 상관없다는 얘기야."

아이들은 웃었고 담임 얼굴은 빨개졌다.

담임은 섣불리 말하지 않았다. 네 고통이 뭔지 안다고, 네 처지가 어떤지 안다고, 한 번도 내세운 적이 없었다. 나를 따로 부르지도, 측은하게 보지도 않았다. 하지만 늘 그녀의 관심 안에 내가 있다는 걸 알았다.

마음이 푹 가라앉고 있었다. 조금씩 이 자리가 편해지면서 사나웠던 요 며칠이 순식간에 누그러졌다.

"전 괜찮아요."

"그래, 괜찮다니 다행이다. 네가 아프면 어쩌나 하고 걱정했어. 나 어젯밤에 한숨도 못 잤어. 진짜야. 이 다크서클 보이지?"

담임이 바짝 얼굴을 들이밀며 내 손등에 자기 손을 올렸다. 그 손이 따뜻했다. 이 사람 손이 왜 이렇게 따뜻한지 모르겠다.

"괜찮아요…."

"그래, 그래, 괜찮아야 해…."

그녀가 내 어깨를 다정하게 잡았다.

무엇인가 내 안에 있던 것이 툭 하고 끊어졌다.

"전…."

그녀가 살짝 나를 안았다.

"괜찮아요… 괜찮아요… 전, 괜찮아요…. 제 엄마들이 하나도 부끄럽지 않아요…. 전 괜찮아요, 제가 고아라는 게 다행인걸요. 전, 전… 진짜로 괜찮아요, 제가 이렇게라도 태어났으니까… 전 괜찮아요….”

아, 가라앉다 못해 무너지고 말았다. 그렇게 안간힘을 썼는데 하필이면 이 미숙한 인간 앞에서….

“전….”

“이다야… 그래, 괜찮아. 더 말하지 않아도 돼. 넌 괜찮을 거니까….”

담임이 나를 꼬옥 안았다. 그녀의 품도 손만큼 따뜻했다. 나는 그녀의 품속에서 엉엉 아이처럼 울었다.

다른 방향을 향해서 달리는 사람들

난다 씨가 큰 결심을 했다. 마트를 그만두지 않겠다는 거였다. 사직이 아닌 휴직을 신청해서 가능한 일이었다. 그녀의 복직이 쉬웠던 것은 아니었다. 같이 일하는 동료들은 물론 마트 입장에서도 난다 씨는 불편한 존재였다. 휴직에서 자연스럽게 사직으로 이어질 것이라 예상을 했는데 오히려 복직 신청을 했으니 말이다. 복직은 바로 받아들여지지 않았고 마트에서는 차일피일 복직일을 미루며 이런저런 핑계로 사표를 낼 것을 난다 씨에게 종용했다. 결국 난다 씨가 국가인권위원회에 민원을 넣었고 시정 명령이 떨어지고 나서야 복직이 받아들여졌다. 그러니까 마트 분위기가 상당히 어수선했다.

난다 씨가 다시 마트에 출근한다는 소리를 어떻게 들었는지 유진이 내 옆자리까지 와서 물었다.

"엄마 복직하셨다며?"

"응. 어떻게 알아?"

"수업 시간 전에 서라네 애들이 얘기하는 걸 들었어."

"소문 빠르네."

"그럼 수학 학원에 다시 다녀야지?"

"싫어."

"왜?"

"수학이 재미없어졌거든. 이제 피아노를 배워 볼까 해."

"피아노라고? 야, 수학에서 국어라면 이해하겠지만 수학에서 피아노는 너무 건너뛴 거 아니야? 그런데 피아노는 원래 어릴 때 배우는 건데?"

"어릴 때 이 집 저 집 옮기느라고 피아노 학원 못 다녔어. 학원에 다닐 만큼 오래 산 집이 없었거든."

"아, 그랬구나. 미안!"

"네가 왜 미안?"

"그럼 안 미안!"

"치!"

우리는 각자 다른 곳을 보면서 피식 웃었다.

서라와 눈이 마주친 것은 그때였다. 서라가 눈을 찌푸렸다. 못마땅한 것을 마주친 표정치고도 상당히 불쾌한 눈빛이었다.

"왜 그래?"

눈치를 챈 유진이 물었다.

"아무것도 아니야."

"아무것도 아니긴 뭐가 아니야."

유진이 서라 곁으로 다가갔다.

"유진아, 아무것도 아니라니까!"

미처 유진이 팔을 잡지 못했다. 유진이 빠르기도 했다.

"도대체 언제까지 이럴래? 유치하게!"

유진이 서라 무리에게 외쳤다.

"우리가 뭐라고 했냐? 왜 네가 더 난리냐?"

정작 시어머니보다 말리는 시누이가 더 미운 격이었다.

"그럴 만하니까 난리를 피우는 거야. 언제까지 이다한테 이럴래?"

"우리가 뭘 어쨌다고 이러냐? 이다한테 레즈비언이라고 하길 했어, 변태라고 놀리길 했어. 아무 말도 안 했잖아."

유진이 따지자 누군가 작은 소리로 속삭였다. 그 속삭임이 너무 컸다.

"뭐라고?"

유진이 발끈해서 소리쳤다. 그러자 진지우가 끼어들었다.

"자, 진정들 하라고. 너희가 잘 모르는 게 있는데 나무위키에 의하면 성소수자는 성적인 부분에서 사회적 소수자로, 상대

적으로 약자의 위치에 있는 사람을 의미해. 물론, '성적인 부분'
에는 기본적으로 생물학적 성별이 있는데, 관점에 따라 성적 지
향, 성별 정체성, 젠더, 연애 지향성 등이 있지만 전 세계적으로
약자를 대변할 때 가장 먼저 말하기도 하지. 그만큼 많은 사람이
성소수자를 이해하지 못한다는 거야. 그러니까 우리도 한번 진
지하게 접근해 보자."

"야, 뭘 진지하게 접근하냐? 그냥 동성애잖아. 게이나 레즈나
솔직히 정상은 아니잖아?"

"정상이 뭔데?"

서라의 말에 진지우가 바로 물었다. 한창 뜸을 들이다 묻거
나 대답하던 때와는 달랐다.

"정상? 정상이 뭐겠냐? 정상적으로 남자와 여자가 연애하고
결혼하고 아기 낳는 게 정상 아니겠어?"

"요즘은 아이를 낳지 않는 부부도 많아. 그런 부부도 정상이
아니겠네?"

"그게 왜 정상이 아니냐? 그냥 선택의 문제지."

"그래, 서라 네 말이 맞아. 선택의 문제야. 아이를 낳든 낳지
않든, 여자와 남자가 연애하는 것처럼 여자와 여자가 연애를 하
는 것도 선택의 문제라는 거야."

"그게 왜 선택이냐? 솔직히 여자가 여자를 좋아하는 거 이상
하지 않냐? 인류를 위해서도 그건 좋은 선택이 아니지. 다들 동

성애를 한다면 정작 아이는 누가 낳아? 그래서 많은 사람이 걱정하는 거라고."

"걱정이 아니고 혐오겠지."

유진이 한마디 했다.

"서라 네가 인류를 위해서 동성애를 반대한다니 놀라운걸? 어쨌든, 동성애 때문에 인류가 사라질 일은 없을 거야. 인간에겐 다양한 선택지가 있으니까. 누군가 동성애자라면 누군가는 반드시 이성애자일 테니까. 그러니까 인류가 아닌 친구를 이해하는 걸로 좁혀 봐. 이다는 단지 특별한 부모를 가지고 있을 뿐이야. 그게 왜 너희한테 비난받을 일이지?"

드디어 진지우의 진지가 터지려고 한다. 그전에 말려야 했다.

"그만들 해. 더는 내 문제로 얼굴 붉히지 말자. 곧 졸업이잖아. 이제 얼굴 볼 일도 얼마 남지 않았는데 이러지 말자."

"아니, 말 나온 김에 하자. 솔직히 난 불편해."

서라가 날 똑바로 바라보았다.

"뭐가? 우리 엄마들 때문에?"

"그건 모르겠고, 하나만 묻자."

"그래, 물어봐."

"너도 레즈비언이야?"

"유서라! 너, 너무 한 거 아니야?"

서라 말에 유진이 발끈했다. 나는 유진에게 눈빛으로 이쯤에서 빠져 달라고 말했다.

"아니, 잘 물어봤어. 내 정체성이 궁금해? 그 대답에 따라서 네 불편함이 줄어들거나 늘어날 수도 있겠네?"

"솔직히 궁금해. 우리 다 궁금하지 않았냐?"

서라가 아이들을 둘러보았다. 반 아이들 모두가 우리 주위에 모여 있었다. 이 상황이 무척이나 재밌는 모양이었다. 아니, 누군가처럼 일반화해서 생각하지 않을 테다. 분명 누군가는 재밌겠지만 누군가는 걱정도 하고 있을 것이다. 유진이와 진지우처럼.

"근데 어쩌냐? 난 내 정체성을 공개적으로 말하고 싶지 않아."

잠시 말을 끊고 아이들 얼굴 하나하나를 훑어보았다. 최대한 그 애들과 눈을 맞추려 했지만, 아이들은 나와 눈을 맞추려 하지 않았다.

"그건 정말이지 내밀한 질문이거든. 서라 네가 누굴 좋아하는지 내가 공개적으로 물어보면 넌 대답해 줄 거야? 아니잖아. 이 질문도 그거와 다르지 않아. 하지만 서라야, 네가 정말 그게 궁금하다면 나와 친하게 지내면 알게 될 거야. 나랑 친하게 지내 볼래?"

서라는 아무 말도 하지 못하고 얼굴이 붉어졌다. 부끄러운 게 아니고 화가 나서였다. 나는 진심이지만 서라는 내 말이 놀리는 것처럼 들렸을 수도 있다. 왜냐하면 지금 서라는 많이 화가 나 있기 때문이다.

나는 알고 있다. 서라와 내가 친해질 확률이 천만분의 일도 안 된다는 걸. 광장에서 만난 일부 종교 단체와 애국 엄마들이 그러했다. 어떤 논리로 성 소수자를 이해 못 하는 게 아니었다. 이성이나 논리가 아닌 감정의 문제이기 때문이다.

사람들은 반대를 위한 반대가 터무니없고 이성적이지 못하고 똑똑하지 못한 사람들이 흔히 가지고 있는 태도인 줄 안다. 하지만 많은 사람은 논리적으로 토론하다가도 자기한테 불리하게 되면 그냥 싫어요, 무조건 싫어요. 그건 그냥 싫은 거예요, 이렇게 생각을 한다. 다만 말로 못 할 뿐이다. 그러니까 대립에 있어서 혐오에 있어서 그 안에는 이성보다 감정이 자리한다. 그러니까 온다 씨와 난다 씨는 그 감정에 맞서서 싸워야 한다. 무작정 싫다는 사람들에게 이해를 못 해 줘도 괜찮아요, 그럴 수 있어요, 다만 우리를 미워하지 말아 주세요, 우리를 혐오와 증오의 눈으로 바라보지 마세요, 하고 외치고 있는 것이다.

그러니까, 또 그러니까, 나 역시 서라와 그 무리에게 말하고 싶다. 우리 엄마들을 조금이라도 이해한다면 나의 정체성 따위는 조금도 궁금하지 않을 거라고, 그게 무엇이든 나를 제대로 볼 수 있을 거라고.

"자, 이쯤에서 그만하자. 점심시간도 다 끝나 가고 우리는 다음 수업을 준비해야 하잖아? 하지만 이건 하나 말하고 싶다. 다르다는 건 다양성을 의미해. 우리 모두가 한쪽 방향으로 달리면 정말 재미없잖아. 다 다른 방향으로 달려 보자는 거지. 난 이다의 부모님이 다른 방향을 향해서 달리는 분들이라고 생각해. 뭐가 어려워. 아주 단순하잖아?"

진지우가 어깨를 으쓱하고는 자기 자리고 가서 앉았다. 그러자 때를 기다렸다는 듯이 수업 시작 예비종이 울렸다. 모두가 각자 다른 방향으로 흩어졌다.

유진이와 진지우가 내 옆에 있어서 좋았다. 이런 녀석들이 내 인생에 존재하다니 행운 같은 일이다. 평생을 약속하는 사이를 믿지 않는다. 사람은 변하고 관계를 지속하기엔 사람은 너무 긴 세월을 사니까. 그 긴 시간 속에 누군가는 친구라는 이름으로 내 곁에 있다가 떠날 수도 있고 누군가는 연인이라는 이름으로 머물렀다 떠날 수도 있다. 그래서 사람들은 혈연관계를 무시하지 못하는 것 같다. 관계가 아닌 피로 유전자로 묶인 사이니까 떠날 수도 보낼 수도 없다고 생각한다. 하지만 곰곰이 따져 볼 일이다. 정말 그러한지.

"너, 내 곁에 오래 있어라."

무심하게 자기 자리로 가는 유진에게 한 마디 툭 던졌다. 녀석이 정색을 하면 무안할 것 같았다.

"그러마. 너도다!"

피아노 학원을 다니겠다는 소리는 그냥 하는 소리가 아니었다. 중학교 1학년 때 음악 수행평가에 피아노 연주가 있었다. 피아노를 쳐 본 적이 없다는 소리에 온다 씨와 난다 씨는 부랴부랴 아는 사람을 총동원해서 학원을 알아보았고 수행평가에 필요한 곡만 속성으로 배우게 했다. 그땐 피아노, 이따위가 뭐라고 하면서 외면했다. 내게 피아노는 정상적인 가정에서 자라지 않았다는 징표였다. 누구나 배운다는 걸 그때까지 알지 못했다.

그런데 며칠 전, 오래된 일본 애니메이션을 보게 되었다. 유진이 재밌다고 난리를 피워서 본 거였다. 제목이 〈하울의 움직이는 성〉이었는데 작화도 나쁘지 않았고 스토리도 나쁘지 않았다. 그런데 압권은 영화에 흐르는 주제곡이었다. 〈인생의 회전목마〉라는 테마곡은 들어도 들어도 잊히지 않았다. 며칠 동안 머릿속에서 맴돌았다. 길을 가다가도 화장실에서도 허밍을 하면서 음을 따라 불렀다. 당장이라도 따라서 칠 수 있을 것 같았다.

피아노를 배우고 싶다는 말에 온다 씨도 난다 씨도 대환영이었다. 무엇을 한다고 하면 둘 중 하나는 보류 또는 반대인데 웬일인지 둘 다 좋아했다. 게다가 난다 씨가 피아노를 사야 하는 거 아니냐면서 인터넷으로 피아노를 검색하며 야단을 떨었다. 온다 씨는 그런 난다 씨를 말렸다.

"이번에도 3개월일 수 있어. 적어도 3개월 이상 다니면 그때 사도 늦지 않아."

"그럼 네가 배우면 되잖아. 나 피아노 치는 여자 좋아한단 말이야."

"그럼 네가 배우지. 왜 내가 배워야 해?"

"나 공부하는 거 싫어하는 거 알잖아."

"나도 그래. 뭘 배우는 건 이제 고단하다고."

온다 씨와 난다 씨는 피아노를 배우고 싶다는 내 결심을 일종의 해프닝으로 생각했다. 그러거나 말거나 상관없다. 학원 먼저 알아보고 보고하면 보내 줄 것이다.

그날 저녁, 밥상을 치우고 차를 마시는데 온다 씨가 걱정을 하면서 난다 씨에게 말했다.

"그거 알아? 이번에 축제를 못 할지도 모르겠대."

"왜?"

온다 씨와 난다 씨가 만난 퀴어 축제를 말하는 것 같았다. 이들에게는 1년에 한 번 치르는 가장 큰 행사다. 다들 이날을 무척 기다린다. 심지어 무엇을 입을지 어떤 바디페인팅을 할지, 어떤 티켓을 만들어 갈지 몇 달 전부터 고민할 정도다.

매년 서울광장은 서울퀴어문화축제를 허가했다. 성소수자에 대한 차별과 혐오를 줄이자는 취지이고 자신의 성 정체성을 드러내겠다는 소수자들의 의지가 담긴 축제였다. 그런데 올해는 그런 축제의 개최마저 불투명해졌다.

"서울시가 종교 단체가 주최하는 청소년 무슨 콘서트라는 축제를 먼저 허가했대."

서울광장의 조례상 어떤 행사보다 청소년 행사가 우선이었다. 명분은 확실했다.

"그거 트릭 아니야? 해마다 한 건데 갑자기?"

"갑자기 맞지. 그런데 어떻게 하겠어?"

"날짜를 조율하면 되잖아. 여태까지 그렇게 해 왔다고!"

난다 씨가 흥분하면서 목소리가 커졌다.

"일부 단체의 꼼수가 늘 있어 왔는데 이번에는 서울시도 어쩌지 못하는 모양이야. 게다가 여론도 좋지 않아."

"안 되는데… 다월이랑 우연 씨랑 계획한 게 있단 말이야."

난다 씨 대답에 온다 씨가 얼굴을 들이밀었다.

"뭔데? 나 빼고?"

"일단 우리가 먼저 해 보고 괜찮으면 너한테도 얘기하려고 했지."

"그러니까 그게 뭔데?"

"문신."

"문신? 몸에다?"

온다 씨가 깜짝 놀랐다.

"2주짜리래. 2주 지나면 없어진다나?"

"확실하지? 직장에서 안 좋아할 거야. 우리 먹고살아야지. 이다 피아노도 사야 하고."

온다 씨가 나를 보며 눈을 찡긋했다.

"난 괜찮아. 천재라서 학원 수업만으로 충분하다고."

　　　　　다른 방향을 향해서 달리는 사람들

"진짜?"

난다 씨가 날 놀리는 것 같았다.

"어어, 엄마들 이러면 곤란해. 혹시 알아? 진짜 천재일지?"

"흐흐흐, 우리 집안에 대단한 음악가가 나오려 봐. 그나저나 축제는 어떻게 하냐?"

"뭐든 해 봐야지."

온다 씨와 난다 씨가 하도 심란해하길래 뜬금없는 질문을 던졌다.

"나도 뭐 하나 물어볼게?"

온다 씨와 난다 씨가 동시에 날 바라보았다.

"물어봐."

온다 씨가 웃으면서 대답했다. 어떤 거든 질문이라면 온다 씨는 대환영이다. 질문과 대답으로 이어진 긴 대화를 누구보다 좋아하기 때문이다.

"아직도 서로 사랑해?"

내 질문에 둘 다 웃었다.

"왜 웃어? 웃긴 질문도 아닌데."

"그러게. 우리가 오래 살긴 했나 봐. 이다가 묻지 않았다면 당연하다고 생각하겠어."

온다 씨 말에 난다 씨가 대꾸했다.

"사랑하지. 그렇지 않고서야 이 험난한 걸 하겠냐고. 사실 우리 같은 사람은 그래서 사랑이 더 절실해. 견딜 수 있는 가장 큰 무기거든."

"그렇구나. 그럼 언제 서로가 서로한테 반했다는 걸 알았어?"

"와, 이다 질문이 꽤 섬세한걸?"

"연애하냐? 그 애랑 사귀기로 했어?"

난다 씨가 아는 척을 했다.

"뭐야, 이건? 나 모르는 연애를 이다가 한단 말이야? 난다 너는 알고 있고? 왠지 서운하다."

"아니거든요. 그냥 궁금해서 묻는 거야. 어떨 때 내가 이 사람한테 반했다는 걸 어떻게 아는지 말이야."

"그건 아는 게 아니야. 알아지는 거지."

"그건 무슨 말이야?"

온다 씨 말을 이해할 수 없었다.

"음, 내가 난다를 처음 봤을 때 한눈에 반한 건 아니야. 모임에서 몇 번 만났는데 만날 때마다 이 사람이 궁금한 거야. 그리고 못 보면 궁금하고 왜 안 왔는지 묻게 돼. 그러다 기다리더라고. 그래서 알았어. 내가 난다를 좋아한다는 걸. 너도 지금 궁금한 사람이 있어? 기다리게 만들고 자꾸만 보게 되는 사람 말이야. 그건 내가 이 사람에 대해서 알아야지, 하고 작정하지 않아도 저절로 그렇게 돼."

"난 반대야. 난 한눈에 온다한테 반했어. 널 보고 한눈에 반한 것처럼."

난다 씨가 능글맞게 웃었다.

"거짓말! 어쨌든 난 아직 아니네. 궁금한 사람이 없으니까."

"우리 이다가 자꾸만 크는구나. 그런데 이다야?"

온다 씨가 다정하게 불렀다.

"응?"

"네가 누굴 좋아한다면 우리에게 공유할 거야?"

"싫은데?"

"왜 싫어?"

난다 씨가 과격하게 끼어들었다. 이럴 때면 정말 극성 엄마 같다.

"그 잔소리를 어떻게 감당하라고?"

"아니야! 절대로 간섭하지 않을 테니까 살짝 힌트라도 줘. 연애 상담이면 더 좋고. 안 그래, 온다?"

온다 씨가 고개를 끄덕였다.

물론 나는 절대로 말하지 않을 것이다. 관심이든 잔소리든 걱정이든 두 배일 테니까.

며칠 후, 난다 씨가 카트 정리와 매대 정리를 하다가 드디어 식품 코너를 재배정받았다. 꼭 두 달이 걸렸다. 난다 씨는 그 시간을 어떻게 견디었을까?

온다 씨가 지나가는 말로 '끝까지 싸울 거지?' 하고 물었다.

난다 씨는 '하는 데까지 해볼 거야. 이번에는 도망치지 않을 거야' 하고 대답했다.

난다 씨와 온다 씨가 싸우는 대상은 누구일까? 마트일까? 아니면 생선 코너 이모일까? 아니면 더 많은 동료일까?

아마도 편견일지도 모르겠다. 사람들은 확증편향을 가지고 있다고 한다. 어려운 말이었는데 한번 아니라고 생각하면 모든 것이 아닌 게 된다. '이 사람은 나쁜 사람이야' 하고 생각하면 누가 옆에서 아무리 설득해도 그는 나쁜 사람이 된다. 어떤 객관적인 사실이나 진실을 알려 주어도 마치 신념처럼 흔들리지 않는다. 확증편향은 인간이 만들어 낸 오래된 감정이다. 이것이 역사 안에서 얼마나 많은 편견을 만들어 냈는지 알면 놀라울 정도다. 편견은 때때로 갈등을 조장하고 전쟁을 만들고 죽음을 부른다. 매우 단순한 감정 하나가 이렇게 무서워질 수 있다.

마트 사람들의 편견이 난다 씨를 해치지 않았으면 좋겠다. 난다 씨의 직장이 편견으로 난다 씨를 거리로 내몰지 않았으면 좋겠다. 난다 씨가 있는 사회가 편견이 아닌 다정한 눈으로 우리 같은 사람들을 품어 줬으면 좋겠다. 우리도 그들과 다르지 않으니까. 단지 우리는 다른 방향을 향해서 달리는 사람들이니까.

이다

피아노 학원을 다닌 지 두 달이 되었다. 바이엘과 동요집을 치고 있다. 처음으로 왼손 반주를 함께 하니까 진짜 피아노를 치는 것 같았다. 내 피아노 학원 친구들은 대개가 일곱 살에서 열 살 사이다. 열 살 넘은 아이들도 있지만 고학년이 되면서 보습 학원이나 선행 학습을 하는 학원으로 갈아타는데 그럴 때마다 소중한 친구 하나를 잃은 느낌이다.

그곳에서 만난 여덟 살 라온이는 똑 단발을 한 남자아이다. 이 녀석은 학원에서도 유별난 녀석이다. 연습실 복도를 수시로 돌아다니는데 누구도 그 애를 말리지 않는다.

그러던 어느 날, 녀석이 내 연습실 방으로 불쑥 들어왔다.

"누나, 이거 다른 버전도 있어."

내가 〈환희의 송가〉라는 곡을 두 손으로 치고 있을 때였다.

"그래. 그럴 것 같았어. 이 곡은 나도 들어 본 적이 있는데 이렇게 단순하지 않았거든."

녀석은 자연스럽게 내 옆에 철썩 앉았다.

"그거 말고 듀엣으로 칠 수 있어. 해 볼래?"

"듀엣? 니 그길 칠 수 있어? 아니, 내가 칠 수 있을까?"

"내가 가르쳐 주면 누구나 칠 수 있어."

"흐흐흐, 그래? 그럼 네가 가르쳐 주면 쳐 볼게."

나는 녀석이 웃겼지만 귀여운 맛에 두고 보기로 했다.

나는 라온이가 가르쳐 준 대로 오른손으로 건반을 눌렀고 라온이는 왼손으로 건반을 두드렸다. 서로 다른 손가락을 타고 묘한 음이 만들어졌다. 매우 단순한 음계지만 라온이와 내가 하나의 곡으로 만난 것이다. 마치 온다 씨와 난다 씨, 그리고 나처럼. 우리는 각자 다른 음계다. 다른 우주에서 온 우리는 이렇게 여기에서 만났다. 지구라는 정말이지 별똥별 같은 작은 행성에서 만나 우연히 부부가 되었고 자식이 되었다. 그 음계는 다른 음계와 달라서 특별하지만 우리는 계속해서 만날 운명이었다. 우리 인생의 회전목마처럼. 우리가 함께 쳐야 할 곡이 길어질지도 모르겠다.

한 10분쯤 라온이와 나는 신나게 듀엣을 쳐 댔다. 녀석이 하도 진지해서 진지우가 어릴 때 이런 모습이었을지도 모른다고 생각했다.

"멋지다, 라온아!"

나도 모르게 감탄하고 말았다.

"이게 멋져?"

"응. 멋져."

"그럼 나랑 다섯 번만 쳐."

"왜 꼭 다섯 번이야?"

"딴 방에도 가야 해."

"아… 그렇구나."

라온이는 정확하게 다섯 번만 치고는 다른 방으로 갔다.

나중에서야 선생님으로부터 들었는데 라온이는 피아노를 꽤 잘 친다고 한다. 연습실 방마다 돌면서 그 방 수준에 맞는 피아노를 함께 연주하는 게 취미라고 했다.

라온이는 부모님이 바빠서 피아노 학원을 다른 애들보다 두 배로 다닌다고 한다. 그럼에도 라온이는 피아노가 좋은 모양이다. 내가 학원에 갈 때마다 늘 라온이가 있었는데, 잠깐 라온이를 오해했다. 나처럼 버려진 아이인가 하고 말이다. 라온이는 공식적으로 두 시간 동안 학원에 있어야 하지만 그보다 더 긴 시간을 학원에서 보낸다. 한 시간은 수업이고 한 시간은 자유 연습인데 어느 날부터 라온이의 방문 연주가 패턴이 되었단다. 그런데 아이들도 라온이도 만족도가 높다고 했다.

나는 학원 선생님한테 허락을 받고 라온이와 떡볶이를 먹으러 갔다. 방문 연주가 고마워서 떡볶이를 사 주겠다고 하니까 라온이가 선생님 눈치부터 봤다. 아마도 다른 사람을 쉽게 따라가진 않는 모양이었다. 선생님이 허락하자 신이 나서 따라나섰다.

그런데 떡볶이집 앞에서 허 할아버지와 딱 마주쳤다.

"어디 가세요?"

"그러는 친구는 어디 가는가?"

"떡볶이 먹으러 왔어요."

떡볶이집을 가리키며 대답했다.

"잘됐구먼. 마침 출출하던 차인디."

허할아버지는 거침없이 떡볶이집으로 들어갔다.

"여기 앉으면 되겠구먼. 그런디 엄마만 둘이 있는 게 아니고 동생도 있었구먼?"

"피아노 학원 친구예요. 인사해, 누나 친구야."

"헉! 늙은 사람이랑 친구야?"

"이 누나도 니한테는 늙은 친구 같은디?"

허 할아버지 말에 라온이 고민하는 표정을 지었다. 내가 늙은 친구인지 그걸 따지는 듯했다.

"이제 웨어아유프롬반은 안 오는 겨?"

"대신 피아노 학원 다녀요."

"더 젊은 친구들이랑 놀겠구먼. 부럽구먼."

"누나, 떡볶이는 언제 시켜?"

라온이 배가 많이 고픈 모양이었다.

"아, 그려. 주문 먼저 하자구. 떡볶이 3인분, 오뎅 세 개 주시구려!"

"누나, 나 튀김도 사줘."

허 할아버지가 주문을 하자 라온이 끼어들었다.

"여기 튀김도 3인분 주시구랴!"

"새우 튀김."

"새우 튀김이요!"

뻔뻔한 라온이 때문에 쿡 하고 웃음이 터져 나왔다.

"고거 발칙한 친구일세."

"그렇죠? 제가 요즘 애한테 빠졌어요."

"그려? 사람이 사람헌테 빠지는 건 좋은 일이제."

"할아버지도 그런 적 있으세요?"

"그럼. 그걸 알고 싶은감? 그럼 떡볶이를 사든가?"

"흐흐 그럴게요."

마침 주문한 떡볶이, 오뎅, 튀김이 나왔다. 라온이는 내가 먹으라는 소리를 안 해도 바쁘게 먹기 시작했다.

"자네 남자 친구가 예의가 없구먼."

"그게 제 친구의 매력이에요."

"내 애인도 저래 예의가 없었구먼. 늘 자기 것이 우선이었어.

감정도 그렇고 말이여. 그래서 내가 많이 아팠다니께. 속이 무진장 답답했지. 날 좋아허는 것 같은디 아니라고 하고, 아니라고 하면서 분명히 날 좋아하는 것 같고, 당최 헷갈리더라고. 그러다 제 풀에 포기했어."

"그거 짝사랑 아니에요?"

"저도 좋아하는 애 있는데 짝사랑은 아니에요."

라온이 오뎅 하나를 쑥 빼먹으며 끼어들었다.

"어이, 가장 젊은 친구, 그걸 어째 아는가?"

"서로 좋아한다고 당당하게 말했으니까요."

"패기가 있구먼. 요즘 젊은 사람들은 자기 의사가 확실허지. 그런 면에서는 우리 할매가 그랬다니께."

"할머니요?"

"할매가 먼저 사귀자고 혔어. 그때 할매를 놓쳤으면 평생 한이 되었을 거구면."

"무섭지 않았나 봐요. 할아버지가 거절해도 아무렇지 않을 수 있었다니 부러워요."

"친구는 무서운가?"

"저는요, 누가 저를 좋아한다고 하면 겁이 나요."

"사실 나도 그려. 그게 다 사람헌테 실망하기 싫어서 그려."

허 할아버지가 잠시 눈을 돌려 창밖을 바라보았다.

"실망이요?"

"그려. 이 사람이 날 좋아헌다고 하는디 그러다 나한테 실망하면 어떡하나, 이런 걱정을 먼저 해서 그러지. 그게 다 버려진 경험이 있어서 그려. 다시는 버림받고 싶지 않거든. 근디 살아 보니께 그것도 경험이여. 그래야 맷집이 늘더라고. 많이 사귀고 차이고 싸우고 그러면서 배우는 겨. 첨부터 강한 사람은 없어. 부딪치며 단단해 지는 겨. 마음도 꼭 그랴."

"저도 여자 친구가 먼저 사귀자고 했는데? 할아버지도 인기가 있나 보네요."

리온이가 이번에는 떡볶이를 잔뜩 물고 말했다.

"다들 어릴 때 인기가 있었다고 뻥을 치는디 다 거짓부렁이여. 여자 앞에서 고개도 못 들던 놈들이 기냥 하는 말이지."

"전 진짜예요."

"참말이여?"

"안 믿겨요?"

"믿겨."

"음…."

라온이 가늘게 눈을 뜨고 허할아버지를 쩨려봤다.

"어린 친구, 얼른 먹어. 내가 진짜로 믿는 의미루다 떡볶이를 살 테니까 많이 먹어."

라온이 날 슬쩍 쳐다봤다.

"할아버지가 네 말을 믿는 것 같다. 그러니까 실컷 먹자."

"진짜? 그럼 새우 튀김 하나 더 먹어도 돼?"

"그럼!"

우리는 라온이 반응에 다 같이 웃어 버렸다.

허 할아버지는 자기 자신을 찾고 싶어서 세계 여행을 하고 싶다고 했다. 그래서 웨어아유프롬반을 포기하지 못한다나? 어디서 왔는지는 모르겠지만 어디로 가는지는 스스로 결정하고 싶다고 했다. 버림받은 사람들의 내비게이션은 어디가 달라도 다른 모양이었다. 내가 진지우의 고백에 응답하지 못하는 것도 그런 기억 때문이었다.

하지만 나는 서둘지 않을 것이다. 아주아주 천천히 나를 알아 갈 것이다. 사랑도 천천히 알아 갈 것이다. 더듬더듬 나를 찾아가는 길은 이제부터 시작이다. 지도 따윈 필요 없다. 내비게이션도 치워 버릴 것이다. 그리하여 내게 오는 인생의 속도를 천천히 느낄 것이다. 다 알지 않아도 괜찮다. 조금 헤매면 어떠한가?

하지만 많이 헤매지 않고 먼 각오를 마침내 이루는 사람도 있다. 온디 씨처럼. 온다 씨는 나를 기관에 보내는 순간 각오했다고 한다. 언젠가는 반드시 날 데려오기로. 먼 각오였고 지키지 못한다고 해도 온다 씨를 비난할 사람은 없었다. 온다 씨는 매우 긴 시간 나를 기다렸다. 많은 성소수자들이 다 자식을 원하는 것은 아니지만 몇몇 소수자들은 합법적 결혼만큼 아이를 원하는 경우가 있다. 자궁 이식을 원하는 것도 그런 이유에서다. 대개는 사랑하는 이의 아이를 갖고 싶다는 단순한 열망일지도 모르겠다. 또는 그와, 그녀와 함께 아이를 부양하며 정상 가족처럼 살겠다는 의지일지도 모른다. 나는 보여 주고 싶다. 그들이 만든 세상에서 태어난 내가 잘 자란다는 걸. 아니, 아름답게 자랄 수 있다는 걸.

온다 씨는 내가 태어나는 순간을 보았다고 했다. 탯줄과 함께 세상에 나온 나는 너무도 여린 짐승 같았다고 한다. 온다 씨 손에 탯줄이 잘리면서 비로소 나는 뭐든지 될 수 있는 존재가 되었다. 그래서 이름도 무엇이든 될 수 있다는 의미로 '이다'로 지었다고 한다.

그러니까, 나는 온다 씨의 딸이다.

그러니까, 나는 난다 씨의 딸이다.

그러니까, 그들 모두의 아이다.

나는 '이다'이다.

이게 변함없는 사실이고 진실이다. 나는 이 이름으로 살아갈 것이다.

그 애는 조용했고 크게 웃는 법이 없었다.

어느 날, 녀석이 날 좋아한다고 수줍게 고백했다. 여고에서 있을 법한 고백이었다.

사랑해, 해연아.

널 좋아해!

이런 고백은 우리의 우정을 확인하는 흔한 언어에 불과했다.

그런데 그 애의 고백은 조금 달랐다. '나도 네가 좋아!'라고 말했지만 이상하리만치 호응하는 대꾸가 아닌 것 같았다.

녀석은 고백 이후에도 크게 달라지지 않았다. 항상 가깝지도 멀지도 않은 일정한 거리를 유지했다. 그래서 그 애가 한 고백을 쉽게 잊었다.

훗날, 뜬금없이 온 그녀의 연락에 바로 그 애를 떠올리지 못했다. 그 애를 대면하고 나서야 그 고백이 생각났고 비로소 그녀의 정체성을 알게 되었다.

그 고백의 무게가 얼마나 컸는지, 얼마나 큰 용기가 필요했는지 어른이 된 그녀는 담담하게 말했다. 그 애가 그 무렵 겪었을 그 혼란과 외로움을 그제야 이해할 수 있었다.

이 소설 속에 등장하는 '온다'를 설정할 때 나는 내내 그 애를 생각했다. 그 애가 그렇게 건강한 '온다'로 자랐기를 간절히 소망해 본다.

출판사의 청탁을 받고 처음에는 걱정을 많이 했다. 내가 온전히 그들의 삶을 이해할 수 없는데 덜컥 수락한 것은 아닌가 하고 자꾸만 뒤를 돌아보기도 했다. 다큐를 보았고 여러 영화를 보았다. 인터뷰를 했고 부끄럽게도 이 초고를 그녀에게 가장 먼저 보여 주었다.

그녀는 이렇게 말했다.

네 소설은 판타지지만 내가 원하는 거야.

부디 이 소설 속의 삶이 누군가의 판타지가 아니길 바란다. 누군가의 리얼리티가 되어 그녀, 또는 그, 또는 그녀도 그도 아닌 누군가의 삶으로 이어지길 말이다.

다양함을 인정하는 것, 다름을 인정하는 것, 한 가지 색으로는 도무지 심심한 세상이 아니던가? 일곱 가지 색은 무한한 다양함이고 다름이다. 어떤 색으로든 진화할 수 있는 가능성 같은 거였다. 알록달록한 세상 속에 모두가 다른 방향으로 뛴다면 우리는 좀 더 근사한 사피엔스가 될 것이다.

윤해연

도넛문고
07

다른 포스트

뉴스레터 구독

레인보우 내 인생

초판 1쇄   2024년 1월 22일

지은이   윤해연

펴낸이   김한청
기획편집   원경은 차언조 양희우 유자영
마케팅   현승원
디자인   이성아 박다애
운영   설채린

펴낸곳 도서출판 다른
출판등록 2004년 9월 2일 제2013-000194호
주소 서울시 마포구 동교로 27길 3-10 희경빌딩 4층
전화 02-3143-6478   **팩스** 02-3143-6479   **이메일** khc15968@hanmail.net
블로그 blog.naver.com/darun_pub   **인스타그램** @darunpublishers

ISBN 979-11-5633-596-2 44810
      979-11-5633-449-1 (SET)

다른 생각이
다른 세상을 만듭니다